在苹果树上

Where the
Apple Falls

辽京

著

北京出版集团
北京十月文艺出版社

目 录

001　我奶奶的故事及其他

051　脚　趾

091　在苹果树上

165　金子、绿豆与玻璃珠

我奶奶的故事及其他

一

我第一次意识到爷爷老了，是中考那年，我考了全校第三，被重点高中录取，打电话告诉他。他在家里，列出菜单，上面全是奶奶的拿手菜，他让奶奶照单子做了一桌，然后打电话叫我回去吃饭。我坐公交车到爷爷家，那天下着大雨，我穿着一件透明的塑料雨衣，下了车，眼前模糊一片，几乎看不清路。到爷爷家楼下，鞋子裤子全湿透了。

进了门，爷爷给我拿来拖鞋，一双补过的干净袜子和一条他的旧裤子，十五岁的我已经跟爷爷差不多高了，他的裤子我穿着很肥，于是他又给我一条红布腰带。去年我见他系这条腰带系了一整年。奶奶的身影在厨房里转动。

"切点西瓜！"爷爷对着厨房喊。"我挑的西瓜保甜。"

他对我说。

转眼一盘西瓜出现在茶几上,果肉鲜红,汁水淋漓,爷爷叫我吃,他看着我吃,笑眯眯的,说菜马上就好,都是你爱吃的。他在抽烟,爷爷家里总有一股浓重的烟味,奶奶总忍不住要说他。为了抽烟的问题,他们争执了一辈子,也没争出一个结果。除此之外,奶奶总是沉默。

像城市的地标建筑那样,烟味也是我爷爷家的一个标志,是记忆中的路标。奶奶做的菜也很美味,但是经过多年,那种美味在记忆中已经淡去了,而烟味愈浓。奶奶在厨房里叫我,让我去把窗户打开。

"呛死了。"

"外面下雨呢。"

奶奶不说话了,好像她刚刚知道外面在下雨。或者她讨厌烟味胜过一切。客厅里的电视开着,电视旁边的墙上挂着一张全家福,我爸、我妈、我叔叔,刚上幼儿园的我坐在爷爷怀里,奶奶坐在旁边,双手放在膝盖上,像个规矩的小学生。

爷爷说:"瞧你奶奶这脑子。"

爷爷说:"把你的录取通知书拿来,裱起来,也挂在这里。"他比画着，指点着，大嗓门儿盖过电视里播音员的声音。

"等我考上大学再说，被高中录取不算什么。"我说。爷爷笑了起来，他夸起人来毫不吝惜，说我知道谦虚，是干大事的人。这是他对人最高的褒奖。"干大事的人"，这几个字排列起来像一道符咒，绕在我的脑门儿上。

菜上齐了，爷爷要我陪他喝两杯，被奶奶制止了。那么一杯？半杯？拿筷子蘸着舔一下也行，男孩子怎能不知道白酒的滋味？外面狂风大雨，屋里亮着电灯，灯下一桌五颜六色的丰盛菜肴，我夹起一只油焖大虾，放在爷爷面前的碟子里。

爷爷把整只虾放进嘴里，慢慢咀嚼着。我想那个时候他一定十分满足，七十多年的人生走向圆满——红润亮泽的美味大虾，是孙子给他夹过来的。

奶奶仍在厨房里忙碌，她总有干不完的活计，像一只在滚轮里无限循环跑动的松鼠。她要洗菜，择菜，做菜，再把用过的家伙什儿一一清理干净。厨房是一个搅动不安的宇宙，奶奶是它的中心。

上小学之前，我住在爷爷家，趴在爷爷的膝盖上、背上，或者挂在他的脖子上、怀抱里。他是个好爷爷，比任何人的爷爷都要好。他和气、幽默，自己爱笑，也爱逗别人笑，家里总回荡着他说话或者大笑的声音。不说话也不笑的时候，那么他一定是在抽烟。他的烟头曾经是我的玩具，我模仿他的样子，把烟头从烟灰缸里拿出来，放进嘴里，眯起眼睛，模仿爷爷陶醉的神情。奶奶看见，一把夺了过去，并在我头上重重地拍了一巴掌。

爷爷不会打我，因此我更喜欢爷爷，长得也像他，爷爷为我感到自豪。我爱听爷爷的故事，他当过兵，见识过刀锋般刺骨的寒冰，无边无际的白雪，卡车颠簸一整天，还有死亡，他从死人堆里爬出来过。有一阵子我也向往当兵打仗，是受了爷爷的影响。直到晚年，他仍然爱好军歌，喜欢看电视里的阅兵表演，仿佛那场面和气势可以使他忘记自己的衰老。如果奶奶不小心从电视前经过，他就会高声抱怨——奶奶扫地、拖地的时候，难免走来走去。

我小的时候，坐在爷爷身边玩我的玩具坦克，嘴里发出呜呜的声音，假装冲向千军万马。爷爷说，你也去当兵吧。我说，好！爷爷又笑，宽慰的、自豪的、满足的笑，笑声盘桓在我的耳边。后来，当我想起他的时候，笑声就先于他的形象，浮现在我的脑海中。

奶奶咕哝一句什么，又从电视前走过去了，起初她走得快，后来她走得慢，而我也渐渐长大了。我越来越少去看望他们，假期也有许多事情要做，出去玩，见朋友，不会在爷爷家一住半个月。那天，他们为了庆祝我考上高中，像过年一样做了一大桌子菜，吃饭的只有我们三个人。

爷爷吃了一只又一只虾，他吃虾是连皮带肉，从头到尾全都吃掉，细细地咀嚼滋味，滋味十分丰厚鲜美。爷爷说，现在真是富裕了，大鱼大肉都有。每顿饭他都要如此感叹一番，表达对眼前日子的心满意足，同时把碗里的米饭全部吃光，把空碗递给奶奶。如果没给筷子，那就是要添饭；如果连筷子一起递给她，就表示自己吃饱了。

如果我老了，也过着像爷爷那样的生活，我会十分满意。爷爷看起来丝毫不担心衰老和死亡，他最常挂在嘴边的一句话是：人该死就死，我的战友二十岁就死了。他提到战友的时候，时常眼圈泛红，我觉得他也是个英雄，他打过仗，他活下来了，不到二十岁，他就见识了热的鲜血、真正的武器和死人。而我在那个年纪，只知道老师、作业、教室里的日光灯和藏在课桌里的外国漫画。我也想成为爷爷那样的英雄。

吃饭的时候，爷爷说怎么没有饮料？奶奶便下楼去买，披着我来时穿的那件湿漉漉的雨衣，那雨衣对她来说太大了，像撑在一根木棍上，晃荡荡的。她买了两瓶可乐，我爷爷给我一只搪瓷缸子，倒了可乐，我学着大人啜饮白酒的样子抿了一下缸子的边，让可乐如酒一般悠悠流进嘴里。爷爷哈哈大笑。

奶奶把雨衣挂在阳台上。外面大雨如注。

数年后，我爷爷病危的时候，病床边依旧摆着这只搪瓷缸，一看见它就知道这里睡的是爷爷，而他已经面目全非，认不出来了。他不是躺在床上，而是陷了进去，被整个儿吞没。我在床边坐了一夜，那一夜也是有风有雨，仿佛与此时此景遥遥呼应。

奶奶拿来拖把，擦干从门口到阳台一路滴落的水痕。

"滴这么多水。笨手笨脚。"爷爷说。我一口气喝光了可乐，再来一杯。

虽然这些菜都是奶奶做的，但是我一回想起这些饭菜，总是想起爷爷——爷爷的样子，说话的声音、语气，他的神态和动作，深深刻印在记忆中。他总是居于主位，面对着大门的方向，其他人簇拥着他，而奶奶坐在夫厨房最方便的位子，时不时站起来，走开，又回来坐下，沉默地吃饭。爷爷大声说话。

我喜欢听爷爷说话，他讲起故事来绘声绘色，滔滔不绝。他讲当兵的经历，有苦，有趣味；他讲他复员转业，到了单位里，看不惯那些腌臢人事，多么失落，不肯同流合污；他说领导为难他，那个王八蛋，后来得了癌症。他讲的故事总是因果圆满，善恶有报，宗旨是要做一个好人，像他一样，站在正义的一边。

爷爷的教诲像雨，从幼年下到成年的一场漫长的雨。他告诉我许多道理，通常以"不要"开头，不要说脏话，不要打小抄，不要整天看电视，不要光吃饭不吃菜，不要把筷子插在米饭上，夹菜不要伸到盘子另一边。爷爷帮我建立生活习惯，和他一样的习惯，早睡早起，饭后一个长长的午觉。我跟爷爷睡在一张床上，有时候我醒了，他还没醒，我就躺着看窗外的树叶，听着奶奶在外面走来走去的脚步声。有时候，听着听着，我会迷迷糊糊地再次睡着，一直睡到爷爷把我叫醒，让我陪他去遛他的八哥。

那只八哥非常聪明，学会了说"你好""再见""吃了吗"。"床前明月光。"爷爷想教它背下整首诗，好让它在战友聚会的时候，在客人面前露一露脸。每当他与战友聚会，我和八哥都要表演背古诗。八哥最终学会了一首诗，而我背下了《唐诗三百首》的一大半——一项无用的终身技能。

夏日午荫，烈日炎炎，它仍会没头没脑地来一句"床前明月光"。奶奶给它喂食，换水，收拾笼子，爷爷带着它出去，将鸟笼挂在树枝上，树下聚着一群和我爷爷年纪差不多的老头儿，从楼上看，一圈花白头顶团团围着，遮住中间的棋盘。

日子就这样消磨。千百天过得如同一天。直到有一天，在暑假里，我从午睡中醒来，迷迷糊糊地听见厨房有人走动，通常奶奶不会这么早开始做晚饭。我记得她说晚上要吃烙饼，我翻了个身，想再睡一会儿，却被那八哥吵得睡不着。它一直在扑棱翅膀，似乎掀翻了水盆，我叫了一声奶奶，把头埋进夏被里。八哥开始说话，急促地说："你好，再见，吃了吗，床前明月光，床前明月光，疑是地上霜。"我立刻翻身起来，跑到阳台上，想听它再说一遍。终于听见第二句了。

厨房的抽油烟机嗡嗡作响。八哥不再说话了，低头去理毛，我逗了它一会儿，想诱它说话，它一言不发。我爷爷在沙发上看电视，我奶奶在厨房里烙饼。

她一共烙了十三张饼，救护车来了，把她接走，晚上我们就吃那些凉掉的饼。我奶奶在去医院的第三天去世——她离家之前烙下的饼还没吃完，从医院回来，我们把饼热一热继续吃。后来我知道了，那天她心脏很不舒服，打电话给自己叫了救护车，然后就去厨房烙饼，摇摇晃晃地，一张又一张，给爷爷和我留下干粮，足够吃到她去世。

奶奶去世后，我爷爷依旧每天教他的八哥，我告诉他八哥已经会背第二句，爷爷不相信，因为它从来没有当着爷爷的面念过。"疑是地上霜，疑是地上霜……"爷爷一遍遍重复着。八哥的羽毛有些凌乱，水槽也不干净，笼子下面铺满了屎，这些都提醒着我们，奶奶不在了。有一天，爷爷试着给八哥清理笼子，他刚一打开笼门，八哥就飞了出去，停在阳台的晾衣竿上，一字一句念出整首《静夜思》。阳台的窗户开着，我慢慢凑近，刚伸出手，它便振翅飞走了。

爷爷说，它还会回来的，窗户不要关，笼子里摆好食水，也开着门，等它回来。从下午等到傍晚，等到夜深，到第二天早晨，依旧是空空的笼子。爷爷让我把窗户关上，说，你奶奶不在了，现在没人嫌弃我抽烟了。

从此爷爷家再也不开窗户。我上高中了，很少有时间去看爷爷。爷爷给我打电话，问我在做什么，吃饭了吗，作业写完了吗，几句之后就没话可讲，爷爷不再健谈。然后他说，没事就挂了，他要去做晚饭了。

国庆节假期，我去看他，一进门就撞上一堵带着烟味的厚墙。爷爷就坐在那墙后的沙发上，看上去缩小了一圈。贴在他背后墙上的世界地图晃悠悠垂下一只角来，面前的烟灰缸堆满烟灰。

这日子不转了。这是爷爷对我说的第一句话，小声地，疑惑地。我穿过烟雾，坐在他身边。

第二句话是，昨天夜里，我梦见你奶奶了。

二

我刚刚开始记事的时候，记住的就是我爷爷的故事。他上过学，念过书，家里早早给他备下一个童养媳，就是我奶奶。他说我奶奶家穷得很，养活不起，只好把女儿卖作童养媳。爷爷的父母都是性情宽厚的好人，一下也没有打过奶奶，只是教她干活儿。他家里开着豆腐坊，每天半夜就要起来，点上灯，磨豆腐，磨好了，早上挑出去卖。我问爷爷，豆腐怎么个做法？他说不知道。他知道豆腐的清香，豆浆的醇厚，豆皮的润滑，但是他不知道这些是怎么来的。

后来他上了中学，离开那豆腐坊。从那时起，爷爷的故事才真正开始。他毕了业，当了兵，他参加了真正的战斗，他赢得了勋章，那照片依然摆在五斗柜上，时时擦拭。退休后，他积极地组织战友聚会，常有一二十人，他们聚在一起回忆往昔，把老照片翻拍下来，存在手机里，互相传阅。每次聚会，他们都要拍大合影，奶奶穿着围裙，擦干净手，按下快门。

有时候，我也挤在那些合影里，坐在爷爷的膝盖上，奶奶把镜头对准我，让我笑一笑。我笑了，她就按快门。照片拍完，奶奶放下相机，走进厨房，叫我把西瓜端出去，但是奶奶并不跟我们一起吃。她总是待在厨房里，一边把案板收起来，一边把台面擦干净。

我爷爷带我出去吃饭，我放慢了脚步，跟着他走。

我们走进一家路边的饺子馆，爷爷说，这里的饺子，做得跟家里一样。我们吃那肥白的水饺，爷爷问，像不像原来你奶奶包的饺子？我说，像。他露出满足的笑容。我说，我最爱吃的还是我奶奶烙的饼。

爷爷说，那天，我可没让她烙饼。

吃完晚饭，我们沿着路边散步，爷爷抬着头，往天上望，天色渐暗，什么也没有，我问他在找什么，他不回答。他叫我背诗，考考你，他说，看你忘了多少。我一首接一首地背起来，有点不好意思，我已经不是小孩了，身边经过的人都会看我和爷爷一眼，但是爷爷仿佛很享受，小声地跟着我念。到家的时候，已经背了几十首，爷爷说可以了，我就停下。小时候我就不明白他为什么非要叫我背诗，当着他的战友，或者别的亲戚朋友，展示教育成果，还是展示他的威严？

回到家，爷爷走到阳台上，说，那八哥呢？八哥哪儿去了？

从此爷爷的故事开始变得紊乱。大部分时候，他是清醒的，正常的，可以照顾自己，按时做三顿饭。偶尔犯犯糊涂，问我，你奶奶去哪儿了？或者把我当成我爸爸，甚至当成年轻的自己，他在我脸上看见他自己。这种时刻，虽然悲伤，却十分奇妙。有时候他问我，你怎么还活着？我知道他是想起了他的战友，他说过许多次的故事，一个年轻的战友为救他而死，放在此时此刻似乎难以想象，但是在战场上，这种事就是会发生。我爷爷说，你在那时候，生死关头，只有往前冲，不知道什么叫自己，什么叫别人。

可是活下来的是你，这就是你跟别人的区别，我想。我爷爷在合影上寻找缺失的那个人，那情景非常感伤。我坐在一旁，烟味总是令我想起奶奶，烟味把我的记忆和爷爷的记忆隔开了，他回忆他的青年时代，我回忆我的童年——家里一旦少了一个人，就免不了时时引起怀旧的心情，我爷爷的故事讲过千百遍，我奶奶的故事，从来没听她提起。

我知道她擅长做什么菜，却不知道她爱吃什么。她很少说话，时常一开口就被爷爷打断，因为家中任何事情都不需要她的意见，她只要按照爷爷的生活习惯做好她应做的事情就行了。我想这习惯也许是在豆腐坊就养成了，一个半夜就要起床的、沉默做工的小女孩。那时的沉默一直延续到老。

或许我爷爷的父母并不如他所说的那样宽厚。也许在他看不见的时候,他去中学念书的时候,我奶奶挨过打骂,但是她已经忘记了。在我很小的时候,我爷爷带我去给他的父母上坟,我记得那是个小小的坟包,立着小小的窄窄的石碑。爷爷念念有词,告诉他们这是你们的重孙子,奶奶摆开一些供果,跪下磕了头,拉着我也磕了三个。那些甜果子摆一摆就收回来了,回家的路上,拿给我吃。

长途汽车上,我歪在奶奶怀中睡着了,她的怀抱柔软、温暖。我想问她是不是也曾这样抱着我爸爸,没来得及问出口就睡着了。梦里,我爸爸和爷爷、太爷爷是同一张脸孔,也是我的脸孔,血脉如此神奇,我想。我告诉奶奶,我在梦里见到许多祖先,而她只是微微一笑,有些凄凉的意味。

奶奶也有父母吧,也有祖先吧,我问过一次,奶奶说不记得了。那么奶奶的祖先是谁?坟墓在哪里?她不知道。她只有一个姓,名字是一九四九年后正式结婚登记的时候,爷爷给她起的,写某某氏显得太落后了。

这件事也是爷爷说的,在他的记忆变得紊乱之后。后来,奶奶在夜校的妇女识字班学会了认字,学会了写自己的名字,在爷爷看来这就足够用了,女人不需要多少文化，多了甚至碍事。但是我知道奶奶有时候会看看书，在厨房里有一个她专属的板凳，洗菜、择菜、刮鱼鳞，或者洗一些小件的衣服时，她都会坐在那个板凳上，偶尔也拿一本书，爷爷买的一些旧小说，还有象棋杂志，上面有很多棋谱。她也看报纸，看完了就用来包垃圾，她阅读的时候非常仔细，也可能是因为读得慢，一页总要看很久，我跟我爷爷睡午觉的时候，她就坐在厨房里看书。那是全家阳光最好的一个角落，比客厅明亮得多。有时午睡的时候，我会偷偷起来看动画片，把音量放得小小的，不想吵醒爷爷，再去厨房的冰箱找雪糕吃。奶奶抬起头，不好意思地一笑。

奶奶一共生了三个孩子。除了我父亲已经去世，姑姑和小叔都在外地工作。他们把我留在身边抚养长大，直到有一天，一个陌生的女人来到家里，让我管她叫妈妈。我妈妈接我到她身边上学，她家里还有一个男人，这个人不抽烟，还给我零花钱，不要求我管他叫爸爸，有很长一段时间我对他没有任何正式称呼，有话走到跟前才说。

我妈妈为此跟我谈过好几次。她讲道理的时候，总是把我叫到厨房去，一边切菜，一边问我为什么不叫爸爸，通常我以沉默作答。有一次，我终于说，他长得又不像我，我妈妈把黄瓜片切得极薄又不断开，盘卷着码在盘子里，像风琴。她说，你可真会胡说八道。

我妈妈总是认为我不肯叫爸爸的原因在爷爷奶奶身上。有一年寒假，她不准我回爷爷家，甚至没收了我的家门钥匙。关在家一个星期后，那个男人悄悄给了我一把钥匙，什么也没说，第二天我就收拾了背包，打开反锁的门溜了出去，坐中巴到了爷爷家。爷爷见到我非常高兴，让奶奶去买鱼，带我去逛街上的花鸟店，就在那天，他买了那只黑色的八哥。

我妈妈打电话控诉我的行为，我爷爷同她争吵起来，摔了电话，我觉得他厉害极了，在家里没人敢违逆我妈的话，包括那个男人。放下电话，爷爷问我，钥匙哪里来的？我说，我爸给的。爷爷的脸顿时僵住了，想收回话已来不及。红烧鱼的香味一阵阵飘出来。

"他不是你爸。"爷爷说，我只有默默点头。透明的童年结束了。

那条红烧鱼没有吃完。爷爷说这鱼刺太多了，为什么不买刺少一点的鱼？奶奶一言不发，撅了一块鱼肚的肉，去掉了鱼刺，放进我碗里。从此我再也没有在爷爷奶奶面前提过那个男人。尽管我和他一直相处得很好，甚至比跟我妈妈更亲近，我也没有叫过他一声爸爸。

我回到爷爷家的第二天，我爸爸的照片又被拿出来摆着，仿佛是一种隐晦的提醒，我爷爷很看重姓氏和血缘。我妈妈曾经想让我改随她姓，我打电话告诉爷爷，他非常激烈地反对，声称要到我妈单位去找她理论。于是我拒绝了妈妈的提议，她显得十分失望，却不知道是我保护了她。我见过我爷爷跟人吵架的样子，卖菜小贩缺斤短两，他就去找人家理论，三言两语争执起来，他大声说自己是退伍军人，绝不可能来讹你，最后胜利的总是他。他回家的样子仿佛班师还朝，只差金鼓齐鸣，坐在沙发上，我奶奶给他泡上茶来。

爷爷说，梦见你奶奶了。正巧，我也梦见了，我说。我爷爷吃了一惊，问我她说了什么，我说什么也没说，只是坐在厨房的板凳上看书。爷爷说，我那梦里，她就在前面走，我叫她，她不回头。又说，你奶奶识不得几个字，看什么书。

我们核对了梦的细节，除了都是昨夜，没有丝毫相似。爷爷说，十月初一，你去给她烧些纸钱。十月初一那天晚上，我假装睡下，等妈妈和他也都睡了，我悄悄地出了家门，按照爷爷的吩咐，到一个十字路口，给奶奶烧纸钱。他说，今天晚上，你小叔、你姑姑都会去烧纸，你烧你的，叫她来取。火点起来了，隔不远又是一堆，一路走来，许多烧纸的人在念念叨叨。地上一个个大黑圈，圈着烧尽的灰。我让奶奶来拿钱，想买什么就买什么，买好吃的、好衣服，爱看什么书也买，一边烧，一边想那个世界有这么多钱，她一定过着极大方极潇洒的生活，再也不用三毛两毛地跟小贩砍价了。

小时候，我跟着奶奶去买菜，长大后就不愿意陪她去了，觉得砍价很丢脸。她站在菜摊前，手上挑挑拣拣，嘴里不住地挑毛病，称好后，还要抹掉零头，卖菜的摊贩常常露出不快的神情，有时甚至瞪我一眼。相比之下，我喜欢跟爷爷出门，爷爷从不砍价，只要对方诚信交易，爷爷甚至连找回的零头都不要，跟在爷爷挺直的腰杆后面，我也享受着荣光。听见熟人说，您孙子长得跟您一个样，爷爷就十分高兴，大笑起来。

经过棋摊，我爷爷总要停下来看一会儿，天气和暖的时候，他也爱下上一两盘，赢多输少。围在棋摊周围的全是跟我爷爷年纪相仿的人，随着时间流逝，人还是原来那老几位，头顶花白渐浓。我爷爷喜欢指点他们，他确实下得很棒，在社区举办的象棋比赛里，赢过不少洗衣粉和洗发水。他看棋看得入迷，常常忘记家里等着菜下锅，奶奶下楼找他，总是直奔棋摊而来。

奶奶捡起扔在一边装菜的塑料袋，又四处找我，我又不知道跑哪儿去了，她就大声叫我，嗓音高亢，说实话这很丢脸，尤其是我已经十几岁了，被奶奶满世界大声喊出全名的难堪，跟小时候被爷爷揪住耳朵拽回家差不多。我只能离开伙伴们，顺着奶奶声音的方向跑过去。见到我，她的声音就会停止。

很久以来，只要有人连名带姓地喊我，我就会想起我奶奶。我妈妈从来不会叫我全名，再生气也不会，她一直希望我改姓。我对姓氏倒没那么执迷，但是这个话题提都不要跟爷爷提起。

我上高二那年，他们生了一个女儿，叔叔对我依然很好，但是，终归是有了自己的孩子。周末我常去爷爷家，帮他做做家务，打开窗户，把他从烟味中释放出来，扔垃圾，扫地，我还学会了做饭，炒米饭或者煮个面条，爷爷经常以速冻饺子和包子维生。有一次，他问我，你是不是不愿意回家？奶奶去世后，他变得糊涂了，但是糊涂间隙中的一点清醒，又清醒得吓人。

新生的婴儿很可爱,我的手机里存了不少妹妹的照片,我拿给爷爷看,他看了不置一词。我说,家里太吵了,没办法写作业,关上门也听得见孩子在哭。那段时间,我跟我妈妈的关系非常紧张,实际上我们谁也没有做错什么,我想她可能是压力太大,小婴儿、工作……精力不够用,除了经常对我发脾气,她跟她丈夫的关系也不好。我想她大概是个失败的女人,什么都想要,什么都没做好,当然十几岁的我也是十分刻薄,说话很伤人,高考前的模拟考试成绩一塌糊涂,为此我跟我妈妈大吵一架,摔门离开,去了爷爷家。

那天晚上,爷爷又跟我讲他的故事。我都听过许多遍了,打仗、枪声、血、死人……他一开头我就知道接下来是什么,他的人生经验就是这些,好像这些话能安慰人似的,结果是真的。我真的在那些讲过无数次的陈年往事里感到平静,感到眼前的一切都不算什么,人应该活在过去,因为过去比现在真实可信得多。过去能够清楚地讲出来,关于现在我却一个字也说不出来,脑子里尽是婴儿的哭声。

叔叔对我真的很好,给我买名牌球鞋。我妈都舍不得给我买的,他愿意掏钱。

矛盾大爆发是在我高考失败之后，要复读，叔叔表示支持，妈妈却说，经济很紧张，妹妹开销很大，要我去跟爷爷说，要爷爷出一部分钱。只是一部分，她强调说，你爸爸的事故赔偿金，当年是他们拿走了的，我一分钱也没有得到。

发脾气，吵架，摔门而走，已经解决不了这种现实问题了。那天晚上，我搭末班公交车去爷爷家。这条路我走了无数次了，见过每一棵树、每一个站牌。借着灯光，我读站牌上的字，车停了，车门打开，风吹进来，门又关上了。没人上车。

我想，要是奶奶还在，她会说什么，好像她就坐在我前面的空位上，花白头发剪得短短的。虽然她活着的时候话并不多，家里一直是爷爷在说，奶奶像一只无声转动的陀螺，但是此时我却很想听到她的声音，奶奶会说什么呢？

爷爷断然否定妈妈的说法，说他没有拿到一毛钱赔偿金——他和妈妈之间，肯定有一个人在说谎。爷爷又说，他愿意支付复读的费用，以及我上大学的费用。我告诉妈妈，她说，这是因为他心里有愧，他对不起你爸爸。妹妹在哭，叔叔在洗奶瓶，妈妈在做些什么，我忘了。我只觉得自己浮浮沉沉的，每一句话说出口都像求救。

"你就不能去哄哄她吗？"妈妈说。奇怪，只要我抱起妹妹，她立刻就会停止哭泣，眼睛定定地望向我。就这一点缘分，我长久地记得。她什么也不知道，但是她单纯地、无知地、盲目地喜欢着我。

奶奶不说话，但是冥冥之中，我总是想起她，想听她的意见。下次烧纸的时候，我把问题写在纸上，烧给她，会不会有答案？我总觉得，奶奶并不是她表现出来的样子，那远远不是她的全部，她藏着许多话没有讲。她的手指穿过一片淡淡的鱼腥味，抚过我的头顶。我醒过来，是在去往另一个城市的火车上。第一次出远门，全家旅行，妹妹躺在妈妈怀里睡着了，我也靠在椅背上打个盹儿。梦里的鱼腥味还在飘散，火车减速了，驶进一个小站。

站牌在我的窗外，我读那两个字，原来是这么写的，从前只听爷爷在口头上说过，带着口音，那口音其实是模仿当地人的口音，并不是他平常讲话的腔调。这里就是奶奶的老家。妹妹还睡着，张着嘴，很香甜的样子，叔叔在看一本小说，妈妈也闭着眼睛。我盯着那两个黑色的大字，站台附近散落着一些低矮的平房，天灰蒙蒙的，小县城的火车站总是一个模样。

我在网上查阅关于这个地方的信息，历史上的贫穷、饥荒、洪水，人易子而食，却有宽广的平原和肥沃的土地，近年的新闻很少，大多跟农业有关，夏粮丰收，机械化生产，国内生产总值，官员下乡视察……干巴巴的通讯社写法，当然找不到关于奶奶的任何蛛丝马迹。其实，任何人的痕迹都没留下，这里没有出过一位近代史上的名人。

我坐在大学附近的网吧里查阅这些信息，百度、谷歌，一页页往后翻，直至翻出一些完全不相关的信息才关掉网页，向老板买了泡面和可乐，准备消磨整夜。复读一年之后，我考上大学。爷爷兑现承诺，支付了学费和生活费，我过得比大部分同学宽裕。

整夜打游戏。早晨，我们离开网吧，在学校食堂吃过早饭，翘掉上午的课，回宿舍里睡觉，醒来觉得口渴得要冒烟。星期五晚上，爷爷打电话过来，翻来覆去讲一些同样的话，好好学习，好好吃饭，本来他希望我报考军校，妈妈强烈反对，打电话跟爷爷吵了一架，他就不再提了。他也不再提起奶奶了，现在他身边有一个，我不知道该怎么称呼，不拿工资的保姆？或者别的关系，他让我管那个老太太叫奶奶，我没出声。

大一开学前，爷爷把我叫过去，给我一个厚厚的红包。家的模样变了，干净整齐，旧东西丢了不少，烟味消失了，爷爷说他戒烟了，戒掉抽了一辈子的烟，我简直不能相信。那个老太太原来是在附近摆摊卖水果的，我认识她。从前爷爷喜欢去她那里买水果，她给的秤头总是高高的，爷爷经常不要找零头，所以她时常给我塞一个苹果橘子之类。要是跟着奶奶去买，就没有这个好处了，因为奶奶计较得厉害。

"他净拿便宜给外人占，人缘当然好了。"奶奶说。

她比我奶奶年轻一些，我陪爷爷坐着说话，她像风一样来来去去，送来水果、茶水、花生瓜子，丰盛殷勤得仿佛我是个外人，一会儿摆上一桌子菜，给我盛汤盛饭。她手上没有鱼腥味。吃饭的时候，她一个劲儿给我夹菜，可能是为了掩饰没话可说的尴尬。爷爷看着我们，一直在笑，满足地笑。我告诉他，我坐火车经过了奶奶的老家，他只是点点头，什么也没说，让那位老太太给他添饭。

奶奶的故事，在爷爷这里是结束了的，早在她去世之前就已经结束了。在爷爷的故事里，奶奶始终在背景里活动，他父母买来的童养媳，他远在家乡的媳妇，他孩子的母亲，孙子的奶奶。爷爷的故事里有血、铁、火、风，有历史，有著名的战斗，有出生入死。他的存在是真实的，是可以求证的，奶奶只是一片牵在他身后的虚影。后来，我想知道我奶奶的故事。

三

六年级的暑假，我住在爷爷家。八哥学会了第一句唐诗，爷爷经常带它出去遛，我就在家没完没了地看电视，一天很快就过去了。有一天，我午睡醒来，爷爷奶奶都不在家，我看了一会儿电视，发现冰箱里的雪糕吃完了，下楼去买。天气酷热，小卖部的老板娘无精打采地打着哈欠，一个伙伴也没碰见。我咬着冰棍儿往家走，想着下一集电视剧还赶得上，现在是广告时间。

我经过楼下的那棵槐树，树下聚着一群人。爷爷不在这里，因为八哥的笼子没挂在树上。大热的天，人围了几层，静悄悄的，传出棋子相碰的声音，将军！一个人叫道。我停住了，是奶奶的声音，跟她平常的语气完全不同，尾音轻飘飘向上挑起。

我挤过人群，奶奶蹲在中央，对面是爷爷的老对手，正在思索。奶奶背上汗湿了一片，脖子后面沁出的小汗珠亮晶晶的，我不懂棋，只看得出已是残局，对手长久地思索，周围人纷纷支着儿。最后奶奶还是输了。我跟着她回家，她给我盛了一碗冰糖绿豆汤，然后去准备晚上的菜。爷爷一手提着鸟笼，一手拎着西瓜回家。普普通通的一天。

要是赢了就好了，我想，赢了，就像一个传奇。一个从未下过象棋的老太太，靠着在厨房里翻看棋谱，战胜了高手，很像我爷爷喜欢的那一类故事，像武侠小说。然而奶奶输了，提着菜回家，脚步比平常轻快。我不知道后来她有没有再下过棋，反正我没有再遇见过，但是那一天清晰地刻在记忆里，那一天我发现了奶奶也有自己的故事。

影影绰绰的东西一下子变得清楚明白。多年后我坐在网吧里搜索信息，好奇的种子早在那年暑假就已经种下。大三那年，妈妈和叔叔离婚了，她打电话告诉我这件事的时候，语气很平静。她这个人，为了一点芝麻小事都能吵上半天，真有大事却十分镇定，一切都处理好了才告诉我。

"妹妹呢？"我问。

"孩子归他抚养。"她说，顿了一下，"我已经有你了嘛。"

"他工作那么忙，能带孩子？"

"送到他父母那边。"线路信号不太好，妈妈的声音断断续续的，我站在宿舍外面的楼道里捧着电话。

"那不就像我小时候一样。"我说，含着一种报复的意味。

电话那头沉默了一会儿，她说："这也是没办法。我一个人照顾不了她。"

我说："因为你从来没有认真想过办法。"

"他父母家在哪儿？"我不想挂电话，随口提起一个话题。

妈妈说出那两个字的地名，刹那间我觉得鬼影如林，奶奶大声喊出我的全名，叫我回家吃饭。叔叔的形象、妹妹的形象，纠缠在一起，我就站在这巧合的正中央，被一束光照亮。路过他家乡的时候，为什么叔叔一动不动地看小说？他忘记了？忽略了？还是有什么不愿意提起的缘故？

我挂断电话。深夜，别人都睡着了，叔叔还在回复我的信息，他说了很多他们婚姻中的我所不知道的隐情，第一次感到有人把我当成大人，可以向我倾诉，也愿意听我的意见，不会说我幼稚，不会对我沉默。小时候我觉得，他要是我的亲爸爸就好了，现在我不这么想，幸好他不是我父亲，我不必承受血缘的期望和压力。他不会对我说，你该这样，该那样，该睡觉了，电话挂了吧。

他没有说妈妈的坏话，谈起这件事仿佛置身事外。最后，他邀请我放假去他老家玩，他父母会带着妹妹回去，我答应了。他说，没必要瞒着你妈，我去跟她说。而妈妈第二天就打电话过来，大发脾气，又一次，她感到被我背叛了。我说我只是想看看妹妹。

"你也可以一起来啊。"

她摔下听筒，我能想象她在两室一厅的房子里焦躁地走来走去，痛恨我，痛恨自己，说不定也痛恨妹妹。但是，到最后她总会屈服，总会认命的，她别无选择，和所有人一样，她的问题就在于以为自己总有选择，永远占据主动，控制别人。她以为出轨毫无痕迹。

离婚是叔叔主动提出来的。我为他鼓掌。

期待中的旅行未能实现。那个学期，我交了女朋友，假期我们一起去了苏州、南京和上海，热死了，但是非常快乐。我们都晒黑了，在火车站险些丢了钱包，在小旅馆里，半夜空调不制冷，热得睡不着，一边抱怨一边做爱，直至东方透白。我们说好了毕业要在同一个城市，结果她毕业出国，恋情不告而终。她走的那天，我送她到机场，假装一切都没变，假装还相爱，假装我们都是大人了，身体和心理一样成熟，她的演技比我更自然一点，我送她送到不能再往前走。

夏天结束了。我看着她的背影，细、窄，像一片初秋飘落的叶子，随风而去了。又一次别离，时时刻刻都在发生。我坐在机场的座椅上，看着来来往往的人，决心走出这里就再也不哭，上一次这样大哭是为了奶奶。

我离开学校，找到工作，租了房子，安顿下来。爷爷、奶奶、妈妈、叔叔和妹妹这些人远离了我的生活。我还是每周给爷爷打电话，他越来越糊涂了，打一次电话，"你吃饭了吗？"要问好几遍，问我什么时候回家，问我工资够不够花，我说够花，他就笑起来。他得了一次脑血栓，恢复后，能拄着拐杖走路，说话舌头不太利落,有时候忽然冒出一句,你奶奶下楼买菜去了。

我想他也许不糊涂,而是另一种明明白白。在爷爷眼里,奶奶们都是一样的,走了一个,来了一个,奶奶是一个位置,奶奶并不是某一个人。

"我奶奶早就不在了。"我说。爷爷好像没听见。到了他这个年纪,不该听见的话,就听不见。

工作忙成为一切疏离的借口,我尽力地想在这个大城市扎下根。映在写字楼玻璃窗上的,是我爷爷的脸、我爸爸的脸、活人的脸、死人的脸、我的脸。爷爷一定对我很失望,我没去当兵,没机会成为英雄。每天,我随着人流走进电梯,挤在中间,走走停停升到半空,走向一个小小的格子间。

他儿子被水淹死,死得窝囊;他孙子活得像一只工蜂。他白白英雄了一场,他什么都明白。春节回去,爷爷悄悄塞给我一笔钱,让我不要出声,不要让奶奶听见。他拄着拐杖在屋里走来走去,作为日常的锻炼,不要人扶,为了方便他走路,客厅的茶几撤掉了,显得空荡荡的。现在他很少出门,也不能去下棋了。他的那些老棋友,死的死,搬家的搬家,越来越少了。有人去住养老院,有人搬家后就失去了联系。

附近盖了一些新楼房，衬得我们这里又矮又旧，繁花似锦中的一块污渍。花坛里生了荒草，或者开垦成了菜园。破败的地方，看起来总是相似的，相似的色调，斑驳，剥落，花白，像被水浸过，被风侵蚀过，露出千篇一律的样子，衰老的本相。我庆幸奶奶没经历这个过程，在我的记忆里，她停留在那个输了棋的傍晚，蹲在那儿，专注地盯着一盘残局。那时候，爷爷、我、晚饭、菜价、斤两，这些都不存在了，奶奶也不存在了，只剩下她，她是谁，我竟不知道我奶奶的名字。我问爷爷，爷爷告诉我，他又糊涂了，说的是那个后来的老太太的名字。衰老像一道屏障，把爷爷和我隔开了，我无法穿透。

爷爷给的那些钱，我回到住处，细细数过一遍，存起来准备交房租用。房东通知春节后要涨价。来年再涨的话，只有搬去更偏远的地方。

我跟叔叔还保持着联系，因为妹妹，他经常发照片给我。八岁生日，她穿了我送的裙子，我请办公室的女同事帮我挑的，一件粉色缀满亮片蝴蝶结的连衣裙，配一个同色的发箍。女同事没多问什么，但是我能感觉到，她对我有这么小的妹妹感到意外，有些欲言又止。

我大着胆子约她吃晚饭。她来了,打扮过了,跟平时在办公室的样子判若两人。我跟她讲了我家里的事,她也讲了她的,原来她父亲也是早逝,真是相逢何必曾相识。吃完饭我们沿着街边走,我陪着她走路回家,一直走到深夜,她脖颈间的水果香气淡了,散了,她把外套脱下来搭在手上,露出来的肩膀像一片薄薄的锋刃。当她提到她在外地的男友时,我内心的某个地方被割破了。

她还对我笑着,仿佛细细咀嚼着我的失望。我陪她走到楼下,装作若无其事的样子,与她道别。她问,你为什么一副诀别的样子?

她又问,你喜欢我,为什么不直说呢?

不知道为什么,这种无言以对的时刻,我总是想起我奶奶。她一辈子也不会像这样说话,这样提问题,这样直率地毫不遮掩地看着另一个人,这样坦然地笑着,仿佛全宇宙都在掌控之中。奶奶总是安静地走来走去,手头总有家务在做,她下棋时专注地思索着,她剪开鲤鱼的肚子,掏出内脏,小心不要弄破苦胆。我一时答不上来,只感到夜风从遥远的地方吹向我们。

我说,你有男朋友了?

那又怎么样？

我猜，她想要很多很多的爱，无条件的爱，跟我一样。我们这样的人，一下子就辨认出彼此。她说她男友想让她辞职，到他工作的地方去，她不愿意，所以分手是迟早的事。其实我已经不在意了，谁知道那个男人究竟存不存在？谁知道她有没有讲实话？我只要能够触得到她，就足够了。

好在她没有再提过那个生活在别处的男朋友。我就当他不存在。

爷爷越来越老，说话颠三倒四，有时候他好像忘了我已经长大，说哪个抽屉里翻出了我的旧衣服，挺好的，没有坏，给你留着，你拿去穿。我问他为什么翻旧东西，他说，是你奶奶找出来的，你奶奶在找东西。

她在找什么？

我也不知道，她整天翻东翻西地，翻个底朝天。

潜意识里，我认为那个老太太是贼，在这种关系里面她图的是什么？我爷爷早已失去了判断力，他只会依赖，而且越来越依赖。人家给什么，他就吃什么；人家不做饭，他只好挨饿。他被那老太太拿在手里，像个泥团儿一样捏来捏去，捏成什么，他就是什么，这哪是我的爷爷？我的爷爷已经死了——至少死了一部分。

他自己知道，所有人都知道，他只剩下等死了。

我想，他死了，对那个老太太而言，是否是另一种生，就像我奶奶死了，爷爷又开始了一段新生。或许他们之间的联系并没有我以为的那么亲密，我爷爷、我奶奶，我把他们看作一体——实际上他们各有各的故事。

当奶奶独自坐在厨房的板凳上，她在想什么？时隔多年，那情景依然历历在目，她是如何学会下象棋的？她翻过发黄的纸页，抚过那些专业棋手的姓名，男的、女的、老的、少的，个个聪明绝顶……那些个漫长的下午，奶奶和他们一起度过。当我睡着了，她就不是我奶奶了——这么简单的道理，我到现在才懂。

她的故事不是从我开始，也不是从我爸爸，从我爷爷，从童养媳那里开始，而是从象棋开始。新的思路，新的结果，很快，我就找到了关联，我就知道，一定存在着某种关联：清末民初时，奶奶的故乡出过一位象棋大师，与奶奶同姓。资料不多，但是足够描摹一生。

大师出身贫寒，幼时与街坊下棋，渐渐有了名气，后来投入名师门下，进步飞速，二十岁时，在当地一家酒楼设局赌擂，向来没有对手。他破除了很多传统的迷信和套路，比如当头炮占先手的说法，在他看来不过一句无意义的套话，定式要放到实战中检验，后来他的声名远远超过他的老师。只可惜英年早逝，只活到中年就病死了，妻子儿女，未有记录。

片纸残存，寥寥数语，无法知道更多，却留下了想象的空间。说不定奶奶的身世与他有关，说不定她是象棋高手的后代，说不定他的家人后来落魄了，不得已卖掉小女儿。在资料上看不到任何相关的记录，但是有些东西会潜伏在血脉里，虽然一直沉睡，但始终是存在的。这一点血脉在厨房的小板凳上被唤醒了——说不定哪本杂志上还出现过他的名字，某个豆腐块专栏里，史海钩沉，一点浪花，但是奶奶一无所知，只扫了一眼，就翻过去。

我把这些东西发给她，她的电脑与我的背对背，人与我面对面，加班的晚上，她一边吃零食一边跟我聊天。她说，你应该去那个地方看一看。

去看什么呢？什么痕迹都没了。

就是因为没有痕迹，才要去看看，看看就明白，就死心了。

她说对了。她总是对的，这一点在我们后来的婚姻生活里被验证了许多次。国庆假期，我买了两张火车票，和她一起坐在拥挤的绿皮车厢里，两个人都不觉得挤在一起是受罪。县城的旧火车站翻修过了，有种飞机场的架势，地名两个字高高竖起，插在半空。

街道很宽阔，沥青颜色很深，带着一点点可疑的全新感，车辆稀少，天空蔚蓝。来之前跟叔叔联系过了，他给我他父母家的地址，我妹妹也在那儿，她很期待见到我。不要告诉我妈妈，我对叔叔说。他回复，知道。

我们在叔叔的父母家受到了热情的招待。我喊那对老夫妇为爷爷奶奶，随着妹妹喊。妹妹穿着那件我送她的裙子，在客厅里走着走着，忽然转一个圈。米兰跟她很快就混熟了，我妹妹给米兰看手机里的照片和视频，还有她小时候我抱着她的照片，还有我妈妈。我很久没见过妈妈了。

叔叔老了很多，提醒我也不是小孩子了。他拿出一盒烟让我，我本来不抽，却接了过来，他和我妈妈为了抽烟的事情争吵过很多次，当然妈妈是对的，抽烟有害健康，二手烟连累家人，很对。我和叔叔走到阳台上，我把第一口烟吞了下去，学着叔叔的样子，用鼻子呼出两道青烟。

"你应该去看看你妈妈。"

我默不作声,烟雾弥漫,使平静显得不那么空白。阳台前方是一片低矮的平房,屋顶有尖有平,显得凌乱而支离破碎,叔叔说这里马上也要拆了,拆了盖新楼房。到处都一样,半明半暗,半新半旧。

叔叔问我工作的情况,我跟他解释,不确定他听懂了没,但是他表现得像是全部都懂。这也不重要,重要的是我依然想跟他说,说一些废话,说更多,说到无话可讲,余烟袅袅,我想念他是因为我想念一些正常的、温暖的、平静的、永久的东西,哪怕只有一根烟的时间。

叔叔的头发白了快一半。离婚后他把妹妹放到爷爷奶奶家住了一年,该上小学了又接回自己身边,妹妹和我上的是同一所小学。我提到几个老师的名字,她都不认识,大概是都退休了。只有体育老师还是同一位,妹妹说他动不动就罚人跑圈。本性难移。

中午我们去附近一家开了很多年的餐馆。老板跟爷爷奶奶都是熟识的,张罗了一桌拿手菜。大家团团围坐,妹妹要挤在我和米兰中间,叔叔叫她,她也不肯走。米兰搂着她用手机拍大头贴,换了一个又一个特效，妹妹笑个不停。

本地人之间说话有乡音。他们对我说话的时候，努力用普通话。我忽然意识到，只有我和我妈妈是没有任何乡音的，妹妹、叔叔和他父母都会讲本地话，米兰是南方人，讲起方言来语速飞快，我听不懂。爷爷从军几年，会讲一口纯正的普通话，骂人的时候偶尔冒几句土话，而奶奶到老还保持着爷爷老家的口音。

我爸爸的声音，我已经记不得了。

声音像一幅地图，有折痕和破损，但是展开来依然是一张完整的地图。我和妈妈被排除了，当爷爷、奶奶和爸爸操起他们熟悉的方言，妈妈像被关在门外。她是否觉得局促不安甚至有些紧张，像现在的我。隔着妹妹，米兰伸过胳膊，握住我的手，在红色的厚桌布下面。

叔叔跟他父母讲着我听不懂的话，那本应属于我奶奶的乡音。

多奇妙，第一道菜上来的时候，我想，草蛇灰线。

四

爷爷去世之前的一个星期，我和姑姑在医院陪着他。爷爷的另一个儿子，我的小叔，打电话说家里有事，来不了，让我们做主操办后事就可以了，他什么遗产也不要。

奶奶去世的时候，小叔哭得最凶。

我姑姑是爷爷复员回家之后生下来的孩子。如果不是那一头染成红色的头发，她几乎是奶奶的翻版，背影尤其相似。我和她日夜轮班，姑姑有时候回家做点吃的带过来，我们在爷爷的床尾吃着。爷爷依靠营养液维生。

姑姑和爷爷也有很久没见面了。自从奶奶去世之后，她和小叔几乎不来看望爷爷。守夜的那几天，姑姑跟我说了很多过去的事。爷爷对她的干涉，强迫她跟爱的人分手，因为他"看那小子不顺眼"。我知道他对自己的判断是非常自信的，他认为不好的，就要彻底排除，姑姑那时候还太年轻，不懂得迂回反抗，不像现在，她强硬地阻止她的后妈来医院陪床。

"你不许来。"没有任何解释就挂断电话。

"为什么?"我问。

"老头儿没写遗嘱。"姑姑说,"她来想干什么?想套个遗言吗?"又说:"我的底线是存款可以给她,房子绝对不行。"

仪器嘀嗒作响,或者微微闪光。心脏透过电流微弱地搏动。

"你奶奶死了没半年,他俩就勾搭上了。"姑姑耿耿于怀地说,"我年轻时候的对象,你爷爷把人家骂出门去。现在人家在国外,生了两个孩子。"

其实我还有一点印象:一个瘦高的年轻叔叔,送给我一个小猪存钱罐当见面礼。记忆很模糊,存钱罐还摆在爷爷家的柜子里,里面装满了我小时候收集的硬币,买零食找回来的,奶奶让我自己存着,将来娶媳妇用。

临终前的等待,一分一秒都很漫长。去年,爷爷和老伴儿都住进了养老院,付了三年的费用。姑姑说等老头儿走了,她还要向养老院追讨预付的部分,不行就打官司。她说她打过好几次官司,跟房东讨回押金,劳动仲裁,全赢了。她说这时代都要按法律办事,继承法她也研究过了，如果那老太太想要多占，就打官司。她有的是经验，有认识的律师。

"你妈妈怎么样？"姑姑冷不丁问我。

"很久没见了。"

"你妈可是个奇人，结了三次婚。"姑姑说，"年轻的时候是大美人。可惜你不像她。"

"我妹妹也不像她。"

"女人太漂亮的话，也是个麻烦事。"姑姑说。我想提醒她病房不许抽烟，她看穿了我的表情，说："你爷爷已经无所谓了。他再也管不到我啦。"

姑姑说女人如何如何的腔调，仿佛她不是个女人。我想起从前在爷爷家楼下的闲聊里听见的那些传闻，嘀嘀咕咕的，一阵哄笑。奶奶后来说过，那个人出身不好。

我拒绝了姑姑递过来的烟。

制氧机应该远离明火。姑姑的烟头在黑夜中明明暗暗，我把凳子挪到床边坐着，用身体遮住了制氧机。奇怪的危险的联想，可能是跟病房里紧张又无聊的气氛有关。

几天里，爷爷清醒了两三次，每一次他都颤动嘴唇，没说出一句完整的话，只是转动眼球看着我们。我不确定他是否认出了我，我好几天没刮胡子了。姑姑向他俯下身去，仔细听，什么也没听见。

"放心吧，放心吧。"她轻声说，"我们都好好的。"温柔得出乎意料。爷爷又睡了过去，又醒来，于是她告别了一次又一次，一次比一次更漫长、更温柔，仿佛跟自己的父亲有说不完的话。其实他们多年互不来往。

当爷爷看向我的时候，我一个字也吐不出来。他戴着面罩的样子，甚至有点好笑，他也很久没刮胡子了。我想，等他不用吸氧了，我要帮他刮刮胡子。小时候，我多喜欢爷爷的胡子啊。

爷爷在睡梦中，一次次地掀开被子，好像很热。护士提议说可以把他的手腕绑在两边床栏上，不让他乱动，被姑姑否决了。于是，我跟姑姑一人一边，握着他的一只手，时不时抚摸，轻轻按压，他的手指是凉的，触感柔软。

"爸爸啊！"有一次我困得快睡着了，半梦半醒间，听见姑姑的低语。

或许爷爷的梦里有火，他身处火焰之中，就像他讲过的那些故事里的情景。也许他一直留在那里。爷爷去世后，我和姑姑回家整理遗物，发现很多东西已经丢掉了——他们去养老院之前，已经清理过一次旧物。小猪存钱罐还在，冷冷清清地摆在五斗柜上。那些战友聚会的合影都不见了。

"那些相框去哪儿了？总不至于扔照片吧。"我说。

在衣柜下面的抽屉里找到了，好几个相框摞得整整齐齐。上面的脸孔，一张比一张老，一张比一张人少。

我看这些照片的时候，姑姑走过来，指着其中一个老太太说："就是她。你爷爷把你爸爸的事故赔偿金都给她了，是他一个战友的遗孀。为这件事，你妈快气死了。"

好了，这就是那笔钱的下落了。因为这笔钱，我妈妈和我爷爷奶奶彻底决裂，对他们只有埋怨甚至痛恨。这种恨甚至延烧到我身上，她把我扔给爷爷奶奶带了好几年，自己从不露面，直到上小学才接回身边。许多想不明白的事情，一下子清晰起来。

我是经济惩罚。

最后，姑姑拿走了爷爷的一块旧手表作为纪念。她问我想要什么，我摇摇头。姑姑把那只小猪存钱罐也装了起来，她觉得那也是属于她的。处理完后事，我和姑姑在老房子里住了一晚，我睡在厨房隔壁的小房间，躺下去怎么也睡不着。外面阵阵风声。

夜深，我听见厨房有响动，门缝里透出一丝光。我闭上眼睛，听那脚步声，好像奶奶从前在厨房里忙碌，她架起锅来，烧开水，撒入两把绿豆，然后盖上盖子，坐在板凳上，翻看象棋杂志。等着绿豆熟烂，加入冰糖。

姑姑轻敲我的门，她猜到我也睡不着。我和她在厨房里吃清汤挂面，没有鸡蛋，调料只有盐。吃完面更精神了，姑姑提议打牌，家里遍寻不着扑克牌。最后，我们找到了爷爷的一副旧象棋，下了一盘又一盘，直至天光微明。

我告诉姑姑，奶奶也喜欢象棋的，她听了没什么反应，只是嗯了一声。我还说，奶奶有可能出身于一个象棋世家，姑姑说怎么可能？她是童养媳，家里穷到没饭吃。

可是她棋下得很好，有天赋。

你怎么知道？

我无言以对。奶奶输给棋摊上的老头儿，怎么能证明她有天赋，是大师的血脉呢？她又没有大杀四方。天亮了，姑姑要走了，我也要走了，彼此都觉得不会再见面。姑姑对这个家毫无留恋，我则正相反，留恋太深，结果是我们都不想再回来。这房子很快就被卖掉了。

妹妹上高中那年，我和米兰的女儿出生。妹妹考上了当地一所很好的重点中学，叔叔非常高兴，邀请我们去参加升学宴，于是我和米兰开车过去，半岁的婴儿放在后排的提篮里，全程安安静静地看着天上的云。我们叫她"米豆"。

妹妹继承了叔叔的身高，才十五岁，已经跟我一样高了，神态还像小孩子。米豆喜欢小姑姑，只要小姑姑抱着就一声不哭，咧开嘴笑着，口水流到妹妹的衣襟上。叔叔的父亲前年去世了，他母亲也显得比从前苍老许多，行动迟缓，说话有些颠倒。我妈妈也来了。

我妈妈倒没什么变化，上次见面还是我和米兰结婚，我们没办婚礼，旅行结婚，中途绕道去了我妈妈所在的城市——她的第三次婚姻所在地，受到了周到而拘谨的招待。那男人比我妈妈小几岁，她出差的时候认识的。我们在妈妈的新家坐了一会儿，他就提议出去吃饭，走在路上他们紧紧牵着手。

她比早先稍微胖了些，穿一件印花连衣裙，接过米豆的时候，动作显得紧张笨拙。米豆伸手去抓她的珍珠项链，她哎呀了一声，把孩子递还给我。她带给米豆一套华丽的婴儿服，对米豆来说已经有点小了，那个大礼盒放在汽车后备厢里，过了好久才扔掉。

妹妹坐在妈妈身边，另一边是叔叔、叔叔的母亲、米兰、我和叔叔家的两个亲戚，大约是表弟或者堂弟一类。另外几桌坐的也是本地的亲友，他们敬酒，劝酒，喝酒，哄笑，妹妹作为主角，只是安安静静地吃。妈妈不停地找些话跟妹妹说，妹妹总是非常简洁地回答，是，或者不是。

叔叔喝得大醉，妈妈一脸厌恶，几个亲友先送叔叔回家。叔叔的母亲拄着拐杖，慢慢走在后面，妹妹陪着老太太。老太太招呼大家去家里坐坐，喝茶，妈妈婉拒了，要赶去火车站，临走时把妹妹叫到路边，嘱咐几句。出租车来了，上车前她回身冲我招招手，裙摆被风吹得贴在腿上，头发也被吹乱了，她一边整理着头发，一边拉开车门，迅速地钻进车里。

米豆趴在我的肩膀上睡着了，她的呼吸弄得我有点痒痒的。米兰和妹妹在聊暑期要上映的新片。刚才的一屋子人忽然全散了，我走在街上，体会到一种奇异的孤单感,好像周围的一切都在后退,飞速离我而去,这个地方是奶奶的故乡,她在这里没有留下任何痕迹,旧家不知湮没何处,但是我明明白白地感受到她,不知何方吹来一声长长的叹息。叔叔的老母亲行动慢吞吞的,驼着背,盯着人行道的花砖。方才在宴席上,她几乎不说话,耳朵不好,听不清别人在说什么,只是微笑,捡软的东西吃。她的沉默如谜就像我奶奶。

米豆哼了两声,我停下脚步,轻轻晃动身体,米豆转了个头,继续睡。我的肩膀被婴儿的口水濡湿了一片。那位陌生的老人在不远处看着我,看着米豆,露出微笑——我想知道她的名字,我想听听她的故事。

脚　趾

一

米豆出生的那天晚上，狂风暴雨，产房里有种嗡嗡的响声，像蜂房——在记忆中很像，护士的声音，医生的声音，别的产妇的声音，在记忆中掺杂在一起，像隔了夜的酸奶麦片那样混合，凝固，形成一种全新的质地，像果冻，像慕斯蛋糕，或者别的又凉又甜的食物。我醒来时饥饿难耐，疼痛已经忘记了，消失得彻彻底底，我忍不住把没扎针的那只手背抬起来吸吮，尝到甜和咸和别的形容不出的味道，有那么一刻，我把自己想象成一大块蛋糕。太想吃蛋糕了。

总是形容不出，痛也说不出，太复杂了。连绵不绝的痛像连绵不绝的、层层叠叠的远山，一山更比一山高，一晃而过，像噩梦的片段。当痛停止，痛立刻就不真实了，人就是这么健忘。我们叫她"米豆"。米豆满月那天,我终于吃到想了整整一个月的杧果慕斯蛋糕,纸盒揭开,哇,上面坐着一个穿白色蓬蓬裙的小女孩。这是米豆还是我?

都是。秋晨说。秋晨是米豆的爸爸。我一口吞掉奶油做的小女孩。

米豆的满月宴是我喜欢的形式,来的都是同学朋友,一个长辈也没有,米豆只醒了一小会儿,喝完一瓶奶后,就睡着了。她和她的婴儿床匹配极了,就像我与那把哺乳椅子一样匹配,后来那椅子变成了秋晨最爱的座位,他喜欢把一罐啤酒摆在扶手上,不止一次地在忘情欢呼的时候碰倒啤酒,泼洒一地,幸好我们早把地毯扔掉了。刚搬来的时候,我照着家居网站的样子,买了两三块小地毯来装饰这套狭窄的公寓,很快它们就变成灰尘的集纳地,布满可乐、果汁等留下的斑斑点点,谁该清理地毯成为经常争论的由头。于是在一个星期天的早上,天气晴朗,当我们抬着其中一块准备去楼下掸灰尘时,直接把它抬到了收集装修垃圾的地点,一间水泥房子,铁门半开半闭,我们默契地把地毯扔进去,像做了贼似的拔腿就跑,边跑边笑。我们把三块地毯全部扔掉,直接躺在茶几旁的地板上。秋晨说,米豆。我问他,在说什么？他说，他好像看见一个小女孩，穿着白色的裙子，坐在秋千上荡着，对着他微笑，他管她叫米豆。

米豆就是那天到来的。

秋晨和我，我们都相信宿命，他的观念大多来自抚养他长大的奶奶。他奶奶说，人的命，天注定，还给他讲过许多因果报应的故事，他转述给我听，我听着听着就犯困，要睡着了，梦里留一个故事的尾巴，总之是大快人心，跟我妈妈的故事截然不同。

我妈妈的故事要悲观得多，更零碎，缺少主题，也没有结局，她总是絮絮地说，那男的跑了，王子跑了，海盗跑了，山贼跑了，阿里巴巴跑了，你爸爸跑了。我不懂什么叫跑了，好像是从什么危险的地方逃了出去。可是我妈妈并不危险，相反她非常安全，她总是轻声细语。在家里没人跟她说话的时候，她时常愣愣地望向虚空，好像那窗帘，那柜橱或者墙壁有什么值得看的。其实，我宁愿她看我，我在变化，我在长高，我比那些死物好看多了。她看我总像看一片天边的云，她用一种阅读的目光看着我，好像我脸上写着明日天气。

你脸上沾着什么东西？

有时候，我跟她说话，说两三句她才回过神来。我猜想我妈妈另有一个世界，一个比和我在一起有趣得多的世界，我爸爸是从妈妈的哪个世界逃走的，还是一个问题。他的离开非常干脆，突然，毫无预兆，他留下的空洞一直回荡着风声。对我来说，这件事情的前因十分缥缈，后果是扎扎实实的。我对新认识的人，总说我父亲已经死了。少些羞耻。

时间一长，我猜想他是真的死了。我妈妈似乎也有这种期盼，他不回来，那么他还是死了的好。她没有说出口，我也没有，这句话像餐桌上的灯光一样笼罩着每一顿饭，糖醋排骨，他死了，芹菜炒肉，他死了，西红柿炒蛋，他死了，凉拌木耳，他死了，我吐出木耳，怎么都嚼不烂，所以他还没死透，就像木耳没熟透。

其实我妈妈很擅长做饭，我每次想起她，总是想念她的饭菜，她纵容我挑食。我跟秋晨第一次约会，去一家当时很受欢迎的美式餐厅，叫奶奶的厨房，奶油蘑菇汤好喝极了。那餐厅现在已经不在了，变成了舞蹈工作室，一群人成天在里面蹦啊蹦啊，他们都不用上班吗？真幸福。

秋晨怀念的是他奶奶家的厨房。我们去吃饭的时候，他就一直说他小时候的事情，他爷爷当年是战斗英雄，他说"英雄"这两个字的时候，一脸天真，他爸爸也是，他爸爸是为了救溺水的人而去世的，对方轻生，最终获救了，他却死了。对方的父母赔给他家一大笔钱。

这不公平，我说，想死的人死不了，不想死的人却死了。

他一脸惊讶，好像他从没想过这问题，没想过公平不公平的问题，好像除了见义勇为，这件事没有第二种解释了。为了安慰他，我告诉他，我爸爸也死了。他等着我讲我爸爸到底是怎么死的。我没有接着说，而是接着喝双耳杯装的奶油蘑菇汤。他看着我，等我喝完，等我告诉他一切细节，就像他对我讲的那样，毫无保留。

他死了。我又重复一遍。

直到我们结婚，他也只知道这三个字，像一个巨大的锅盖，盖住我家庭的过去，谁也别揭开那盖子。我躺在产床上的时候，我妈和秋晨都在外面，他们在聊什么，我忍不住想象他们在聊什么，想象可以使我遗忘当前的痛苦。她又在诉苦吗？她总是诉苦，讲述她生产时的麻烦，全是我造成的，最后护士用钳子把我夹

057

了出来，导致我的头骨不对称。在我半岁以前，她用一册《现代汉语词典》给我当枕头。那本词典我上小学的时候还在用，扉页上写着一个人名、一个地名和一个日期，黑色钢笔，显得珍贵而郑重，他的词典，他的女儿。这本书使我的后脑更歪了，她归咎于我睡觉不老实。

最后还是基因获得胜利，长大的我拥有一个形状完美的头颅，和照片里的我爸爸一模一样。现在我躺在产床上，头发蓬乱，心怀怨恨，黑色的人名像蝌蚪浮现在眼前。这么多年过去了，窗外，深夜风雨大作。我想象那疾风暴雨是为了我，庆祝也好，愤怒也好，悲伤也好，总之是为了我，这种自高自大使痛苦也染上了不一样的色彩，使痛苦有了含义，有了内容，有了标题，单调的痛苦变成了有声有色的痛苦，我成为身在痛苦中的女人，像有一束光打在我脸上。汗水在反光。

我们叫她"米豆"，她小小的。秋晨说是"绿豆"的"豆"，我想，不是，是"豌豆"的"豆"，是高高的床垫之下那粒硌人的豌豆，那就是我，我用我女儿的名字纪念我自己。我妈接过米豆抱着，审视着婴儿，用愉快的口吻说，她的脑袋一点不歪。这评语像一束明媚的晨光，好像她把过去统统都绕过了，因为这新生的婴儿，一切都不重要了，一切都可以重新开始，我望着我妈妈如同望着月亮。

她又掀起护士裹好的襁褓，婴儿的双腿微微蜷着。我知道她在看什么，月亮熄灭了，鬼魂在我们之间游荡。她想看我女儿的脚有没有遗传我爸爸的特征，右脚长了四根脚趾。我有正常的双脚，我女儿呢。我妈妈盯着我女儿的脚，突然数了起来，一、二、三、四、五、六、七、八、九、十，呀，正好。我想我出生的时候，她是不是也这样数着。睡意涌上来，梦好像也生了一双脚，梦里我追着梦在跑。

米豆出生的第三天，我妈妈就离开北京回家去了。米豆五个月的时候，我妈又来看我们，她要去沈阳参加一个同学女儿的婚礼，顺路在北京住两天，想买几件衣服。她是在读大专的时候认识我爸爸的，我爸爸从来不参加这些旧友的聚会，跟任何人都没有联系，当年他走的时候，只留下一张字条，告诉我妈妈他到广东去了，那年月广东对我妈妈来说，只是地图上的两个黑字。我妈妈猜想他如今一定落魄了，不愿意见人。这是她的猜想，或者她的愿望，她用快乐的语气说这些事，而我想象的是有一天清晨出门，天寒地冻，遇见一个乞丐，向我伸出手来，我把早餐钱给了他，浑然不知那就是我的亲生父亲。

我在日记里写下幻想，后来发现日记本的锁被开过了，就不再写了。有一天我妈妈一边炒菜一边问我，你怎么不写日记了？我惊讶于她的天真，又天真又冷酷，又冷又暖，又远又近，我的脚趾在棉拖鞋里蜷缩起来。我妈妈让我把菜端到茶几上。

她做饭，做菜，吃饭，吃菜，我妈妈说，生活中有那么多美好的事情值得记录。她会运用一种咏叹调式的语气，放慢语速，提高声音，好像她面前的黑暗中有一双眼睛，她的话不是说给我听，而是说给看不见的命运听。吃饭的时候，她总是慨叹命运，在家里她像个哲学家。我跟我妈妈的日常生活绝对不会陷于琐碎庸俗，因为她时时刻刻都在对人生进行总结，或者展望未来。有一次她说，你要学会爱人，我以为她被什么人拉去保险公司或者传销组织了。原来她在看一本讲情感心理的畅销书，书页边上密密麻麻地写了读书心得，她把那本书拿给我，让我看看，大概是日记事件的后续。我也让你看我的嘛，有什么大不了。

那本书我一页也没翻开。我妈妈的表达总让我感到尴尬。她一写字，就变得温情起来，像一个陌生人。我上大学的那几年，她很少打电话，却常常写信给我，她对我倾诉许多事，细腻，敏感，一花一草的凋零都令她感怀。她常引用诗句和歌词，写长长的优美的婉转的句子，甚至有排比句。透过这些字迹我能看见她，透过回信她能看见我吗？我的字写得很丑，我妈妈说我缺少练习，她总是一针见血地指出我身上的问题然后飘然离去，有时候她说字如其人，有时候又说我的字写得像我爸爸。

她并不避讳谈起他。她讲过那么多遍，以至于我相信我能一眼认出他。他飘浮在我们生活的上方，高于餐桌但是低于天花板，就在吊灯的位置，因为缺席而显得特别明亮。我妈妈一提起他，就像打开一盏灯，他无处不在。

你像你爸爸啊，她说。直到有一天我忽然明白，她总是提起他，并不是因为旧情难断，而是因为我，我的脸总在提醒着她。当米豆到来，我一下子明白许多事情，我从米豆脸上看见秋晨，造物真是神奇。我妈妈则低头去数米豆的脚趾，仿佛那是我与她共同沾染的羞耻。

二

米豆上幼儿园了。十一假期,我妈妈来看我们。秋晨搬到客厅沙发上去睡,把卧室留给我们。晚上,米豆躺在她的小床里,早早睡着了。我妈妈走到窗前,向外望一望,说,你们这里高是够高,但是没有视野。我的窗户正对着邻居的窗户。

我已经躺下了,我妈妈还没睡意,她说今天坐一天车,骨头都松散了,一下子睡不着。灯都关掉了,只留一盏昏暗的床头灯,她坐下来,睡衣在肚子上堆出一些皱褶,说,你爸爸回家来了,我跟你说过没有?他生病了。又说,我不是跟你要钱,我们暂时不缺钱。

米豆轻轻呼吸着,是这房间里唯一的声响。忽然间那个飘浮的形象变得具体了,他既没有死,也没有变成乞丐,而是如此无聊,居然是一个再普通不过的负心汉故事,枉费我妈妈这些年伤春悲秋,纸短情长,真是不配。

如此平凡,还不如死了,我想。米豆梦里翻了个身。我妈妈也躺下来了，我听着她的呼吸，想起从前无数次我们躺在一张床上，我安慰她，告诉她我将来一定有出息，会好的，她在黑暗中听了那么多遍，最后还是给他打开门来。

虽然没有明说过，但我一直觉得，我有义务让妈妈得到幸福，父债子偿，大约是这个道理。现在她不需要了，我感到一阵轻松，又深深的失落。秋晨在外面走动，去卫生间，他大概还没睡，坐在地板上打游戏。我想这件事要是告诉他，他会作何反应，一个死人突然从坟墓里爬出来了，记忆的坟墓。

我妈妈在我家住了两天就要回去，说放心不下你爸爸，那语气就好像爸爸从没离开过家，好像我应该完全理解，不需要任何解释。秋晨非常震惊，他不明白我为什么要说爸爸死了，我告诉他我觉得这样更有面子，比我和我妈被他抛弃了好听些。

那又不是你的错。秋晨说。

轮到我感到震惊，不是我的错，不是我的错，我被一种温暖洞穿了，照亮了，他一秒钟就发现的真相，我用了快三十年才到达。我妈妈喜欢说"抛弃"，好像我和她都是垃圾，是旧物，或者别的什么冗余的东西，我必须极力证明自己是有用的，证明一切努力都有意义。被父亲抛弃的母女自立自强，最终过上了好日子，从前的我一直没发现这套逻辑中有什么问题。

他的归来使我妈妈和我成了笑话。在北京住了几天，她给爸爸买了新衣服、新鞋子，让秋晨送她去高铁站。我和米豆送她到汽车边上，看着车门关好，车窗摇下，她冲我们挥挥手，笑容灿烂，曾经的痛苦和眼泪像一场演出落幕。米豆扬起她的一双小手，她很喜欢姥姥。夜里，秋晨握住我的手，像捏着一片秋叶。我哭了，觉得自己是一个巨大的笑话。我以为她在受苦，其实她是在表演受苦，一个演员一个观众的表演，现在她不演了。只有我傻傻地，从头到尾深信不疑。

不是我的错，我抱着这句话像抱着一只羽毛枕头，渐渐睡着了。早上米豆爬到我们的脚边。她很快就长大了，我妈妈说，你要珍惜和孩子在一起的时间，大约又是从鸡汤文章里学来的废话。她兴起时就发长长的信息给我，眼睛不好，现在不写纸信了。

米豆的手指轻轻按压我的小腿，这是她叫醒我的方式。当她长大一些，我把手放在她的腿上拍打，她也会立刻醒来，笑着投进新的一天。米豆精力无限，当她的词汇量越来越多，话也跟着越来越多，她能念出每一个物品的名字，在衣柜门上贴她赢来的奖励贴纸，幼儿园老师都喜欢她。她是灼热的，她像秋晨。

每天早上，我送米豆去幼儿园，然后走一段路，搭地铁上班。我们结婚的消息在公司里瞒得严严实实，不然至少一个人就要离职。秋晨时常和办公室的女同事说说笑笑，唯独对我严肃有加，仿佛一种暗地里的情趣。怀孕生子当然是瞒不住的，但是没有人知道对方是秋晨。有时候我会不自觉地流露出一些生活中的小习惯，比如把手搭在他肩膀上，他立刻就笑起来，我便把抚摸变成重重一击，含着一点点年轻男女之间的调笑之意，但是绝不会超出一般同事的氛围。关于孩子的爸爸，我编出一些故事，两地分居，等他调回北京，我们就能团聚了。

在工作的地方，没人探问许多，在他们看来我是一个很不容易的年轻妈妈。我告诉同事现在是我妈妈帮忙带孩子，实际上我们请了一个小时工每天去接米豆，做晚饭。经济压力不小，不过勉强维持，千万不能失业。秋晨很少和我一起下班，总有一个人需要加班，大部分时候，是我急着赶回家，替换小时工，她后面还有别家要做。有几次实在太晚,回家时只剩米豆一个人在家,晚饭摆在桌子上,小孩趴在客厅的地板上画画。

一家三口是最常见的主题,偶尔也有一些相熟的小伙伴入画,或者花、树、星星,繁杂凌乱的线条朝着各个方向飞去。我把米豆抱进餐椅里,给她戴上围兜,如果她要求听故事,就用手机播放一段儿童故事,我常常也听入迷了。秋晨很少晚过十点回家。极少的时候,他回来时我和米豆都睡着了,我常常拍哄着米豆,哼着歌,自己也睡意沉沉。秋晨会轻手轻脚地进来,把灯关掉。非常普通的,正常的,完整的生活。

我妈妈偶尔提起我爸爸,但是她没让我跟他建立任何直接的联系,我也没有要求见面或者通话。秋晨倒是提过几次,被我打断了,他就不再提起,我认为没有人有资格和我谈论原谅、和解或者诸如此类的问题。

含着恨意生活,人就会获得一种主动权,轻飘飘地俯视一切。春节前我妈妈问我是否回去,说你爸爸想见见你,他身体很不好,字句中有种哀恳。我还没回复,她就把我爸的微信推了过来,说你们可以先聊聊。

先聊聊嘛。她说。

于是我拥有了一个电子化的爸爸。一开始他发长长的一段话给我，大意是好的，是表达善意的。他不提当年为什么离开我们，也不说为什么突然回来，他的语气仿佛一个正常的父亲，仿佛从未离开过。他问我要米豆的照片——我甚至还没想好是否要与他和解。

秋晨在这件事情上先我一步。他迅速地接受了我爸爸仍然在世的事实，觉得自己有责任先打个招呼。在我爸爸和我说第一句话之前，他们差不多成了朋友。秋晨能和所有人交朋友，他可以跟见过面的，或者没见过面的，现实或者虚拟的所有人打交道，仿佛内置了某种程序，根据对方输入的信息给出最恰当的回应，他怎么做到的，是一个秘密。秋晨和我爸爸的关系也像一个秘密，直到他有一天随随便便地提起，爸爸想来看我们，我才意识到一些东西在我周围慢慢生长，而我浑然不觉。

爸爸？

是你爸爸。

微信里那个？

米豆把一块青椒吐了出来，吐在带凹槽的塑料饭兜里。她和我一样讨厌青椒，秋晨就经常做青椒，他觉得口味也是需要练习的。口味，感情，或者别的什么偏好和情感，都是需要练习的。米豆每次咽下一块青椒，都会得到一小块她爱吃的苹果。今天，没有苹果了。

你练习，你做到，你得到奖赏……我想这算不算一种专制。秋晨笑了，当然他是一个好人。婚后几年，我已经不再拒绝青椒，或者我已经把厌恶当成不得不接受的必然。米豆也会和我一样，她会从自然的天性中解脱出来，成为一个，用秋晨的话说，具备优良品性的人，我时常觉得他不像这个年代的人，好像有一个老人透过他在讲话。或许是一百个，重重叠叠的苍老的脸孔，在秋晨身后的阴影里，他是他，他又不是他，我仿佛可以通过他与一些看不见的人交谈，他们的声音合在一处，构成低沉的背景。秋晨说，你应该见见你爸爸。

为什么？

他毕竟是你爸爸，他还活着呢。这句话不是秋晨一个人说的，是秋晨背后的那些恍惚的人影，那些累积下来的时间和血脉在说，整齐地，大声地，他毕竟是你爸爸。如今他也做了父亲，一下子就懂了——一定是有不得已的苦衷。

在米豆出生之前，我和秋晨从未有过如此激烈的争论。你也是母亲了，他说，你不该有恨，应该原谅他。

就算是为了米豆。人总是怀恨在心，能得到什么呢？他夹起青椒肉丝送进嘴里。

米豆又一次吐出她的青椒，她表情平静地拒绝，如果继续喂她吃，递到嘴边，她会大哭起来，哭过头，连苹果也不要了。我把米豆从餐椅上抱起来，秋晨说我太惯着她了。人可以不吃青椒，我说，人也可以没有父亲。

你爸爸马上要来看我们了，秋晨说，他说他等不到春节了。

三

在我爸爸现身之前，我妈妈先来了。她没有跟我们打招呼，直接按下门铃，好像是楼下的邻居上来串门，而不是从几百公里外赶来。她说她只住一夜，明天就走，只是来看看我们。

她这样匆忙来去，让秋晨感到过意不去，苦留她多住几天。她一边摆手，一边走向趴在地上玩小汽车的米豆，几个月不见，米豆不太认识她了。她走过去，张开双手，米豆没有回应。

来，抱抱，抱抱。米豆呆呆地望着她，过了一会儿，露出笑容。米豆舒适地坐在我妈妈的手臂上，我妈妈穿着厚毛衣，房间里暖气充足，一会儿她就冒出微微的汗。我想接过米豆，被我妈妈拒绝了。我问她为什么突然过来，她转过头，亮晶晶的眼睛看着我，说，因为想见我的外孙女啊。米豆一无所知地吸吮着自己的大拇指。

从前，我妈妈经常被突如其来的感情触动，继而跋涉千里。在她写给我的信里，她说她曾经坐上一天一夜的火车，为了去见我爸爸，那时候学校在放寒假，家里人不知道她恋爱了，编了个理由跑去见情人。见一面，立刻就要走，赶火车回去。从她的文字中，我看不出她的感觉，后悔吗？怀念吗？似乎有一种淡淡的骄傲，越是这样，就越是显得我爸爸绝情，而她就越洁白，高尚，她忍受过的孤独和羞辱是她的光荣。现在我爸爸回来了，她的故事终于完整。现在她需要新的戏剧、故事和角色了，把我撂到一边。

秋晨说你不想见他。米豆睡着了，我妈妈对我说。床头亮着一盏小灯，她的影子投在墙上。她们的影子。

就为了这个事,没必要跑过来。

我是来看米豆的,我妈妈说,你看米豆长得和秋晨一模一样,女儿都像爸爸。我把被子展开,今晚要和我妈妈一起睡,和小时候一样。我们并排躺在床上,她的声音变小,变细了。他很想见你们,你就当接待一个远房亲戚,她说,你们见见面,说说话。他没有几天了。

谅解是完美结局,我想,本来我可以一直恨他。突然之间他要死了,好像在游戏当中耍赖不玩了。他长什么样子?他像我吗?

你要学会爱人。我妈妈说。这句话轻轻地贴在我的皮肤上,像一个止血的创可贴。深夜,我听着她的呼吸声,像回到小时候。我和她相依为命的那些年,那些充满怨恨的回忆,她轻易地就抹杀了,背叛了。我终于找到这个词,"背叛",她背叛了我与她共同的生活,这样一切都说得通了。那种奇怪的、不调和的感觉,是因为我意识到了背叛却说不出口,他走了,就当他死了,他又回来了,你应该原谅他——像一盘热了又热的剩菜杂烩摆在桌上,要求我全部吃光。

为什么不把门摔在他脸上,却让他走进家门?

他毕竟是你爸爸。

我想起我妈妈抱起米豆,数她的脚趾。彼时彼刻血在她和他之间流动,像一个化学试验的烦琐装置,不同颜色的液体从不同方向奔往一处,融合的时刻,爆炸的时刻,爆炸中产生了我,我反过来又把她的生活炸成了碎片。

他可不爱我们。我说。

我妈妈轻轻地摇头,我知道我在说幼稚的话,幼稚地谈论爱,这不是我跟我妈妈之间该有的话题。一说到爱,她立刻就像一本行走的情感教科书,你要宽容,你要体谅,你要……何况你不过是个附属品,你是附带的影子,附带的存在,你的恨也是附带的,被传染的,被灌输的,你的恨是次要的恨,次要的恨应当服从主要的恨。这是我总结出来的,我妈妈不会这么说。她只会说,连我都原谅他了,你有什么好记恨的?他是对不起我,但并没有对不起你呀。他生了你。

我妈妈轻声地哄着我,像我哄着米豆入睡。还是她先睡着了,我在黑暗中听着所有人的呼吸声,在宽容、原谅以及不知何来的血亲之爱中间感到万分孤独。在黎明的梦中,我终于做到了,我向一个远远的陌生人张开双臂,流入怀中的只有凉爽的空气。我妈妈早上就走了,她要赶火车回去,秋晨送她去火车站,她对秋晨说,你劝劝米兰啊,她太倔了。

半个月后,我爸爸和我妈妈一起来了,我客气地请他们坐下。他不像我,也不太像那些旧照片,看来我的塌鼻子和高额头不是源于他。他很瘦,个子很高,坐下来的时候,双手会把裤子往上提一下,喝茶的时候会把杯沿上的茶叶吐回水里。秋晨与他寒暄,问一路过来的情况,火车人多吗,路上车多吗,天气冷不冷,北京近来天气不好,上午刚下完雨……秋晨烧水泡茶,忙前忙后,十分殷勤,我无端地感到抱歉,好像这一切全是因为我不够宽容体谅。

我妈妈抱了米豆,我爸爸也去抱。米豆像一只乖巧的小动物,在大人的怀抱之间流转,一声不吭。谁抱着她,她就认真地看着谁。她比照片上胖些。我爸爸说,我爸爸又说,说的什么我没印象了,我只希望时间快点过去。晚上要出去吃饭,秋晨订好了包间,哪个饭店,评分多少,真是无聊。我们走去餐厅,雨水都晒干了,一代代水往下流啊。我妈妈说。要是水都干了,往哪里流?我想说,但是我没说。对我妈妈展示脆弱,会使她扬扬得意。

路上，米豆让我妈妈抱着。我妈妈一直在说话，看见什么，就重复一下名字，电梯，这是电梯，数字，认识数字吗？树是绿的，花是红的，大汽车呜呜呜呜……嘴里发出模仿的声音，米豆笑着，双手搂住姥姥的脖子。我爸爸和秋晨聊起一场足球比赛，他们有共同话题，时间便不那么难熬。或者秋晨从来不觉得难熬，无论我爸爸是来自现实，还是来自一个谎言，对他都是一样，只管聊球赛就好。

我爸爸对我说，米豆长得像你。可是他几乎没有直视过我，他的目光一直瞥向别处，桌角，沙发，电视，茶杯，他表现得很自然，那种自然而然的态度令我愤怒，仿佛我是一棵只会长大却不会移动的树，种在那里，等着他回来。他问候我的工作，生活，表示很满意。真是不错。他说。我压抑着怒火。

秋晨给他倒酒。我妈妈说你爸不能喝酒，他自己却说没关系，难得高兴。中途，我抱着米豆离开包间，走到楼道的窗户边，听见另一个包厢里的吵闹喧哗，男女欢笑。米豆有点困了，轻声哼哼着，我妈妈跟过来，也望着窗外，有那么一个片刻我觉得她要说些什么，说些母女之间的诚挚之语。但她只是接过米豆，哄孩子睡着了。

你小时候跟她一样。她又缥缈起来,轻声说,你小时候,很惦记爸爸的,你其实很爱他的。

走了这么多年,哪来的爱。

那才叫爱啊,我妈妈说,走了这么多年,再见面,还是父女俩,那才叫爱啊。咱们是一家人。她把声音放低沉,你也当妈妈了,你应该懂得。好像一套陈旧的折子戏,我想,我妈妈守在那里,把几十年过成同一天,寒窑苦守,最后他回来了。他回来才是圆满。我长大了不算,我成家自立也不算,我有孩子了还是不算,只有他回来才算。她心甘情愿地去当别人的归宿,别人的港湾,一个永久敞开的怀抱,平平静静的,让我感到恐惧。

妈妈,不要这样。妈妈,继续去恨啊。

她给我爸爸夹菜,帮他去掉蜜汁小排的脆骨,他都笑纳。微笑像会传染一样,从开心的米豆开始,传遍整个餐桌,服务员进来上甜汤,我妈妈叫她给我们拍全家福,背对着包厢的一张挂画,松鹤延年。这张照片,我妈妈回家把它洗出来放大,挂在墙上。临别时,她把我拉到一边,低声说她很担心我,为什么你不能跟别的年轻女孩一样?

谁？

就是她们。我妈妈说。她心中有一个模糊的印象，是她对别的女孩的印象的合集，快乐的，阳光的，无忧的，宽和的，或许是从广告里看来的，漂亮女孩对着电视前的妈妈甜蜜微笑。为什么你不是那样？为什么你这么真实？

她不知道我也痛恨这些真实。能活在一部烂俗电影里多好，我会时不时地看向镜头，对观众一笑——打破第四堵墙。而现实是，我妈妈时常穿透属于她的那块银幕，对我遥遥一笑，她与我隔着光和影，她是爱与忍耐以及一切善良美好的化身，而我是仙女与凡人生下的愚笨孩子。我妈妈是来感化我的，把我从恨海中拉扯出来，她自己的衣襟，绝不会沾湿一点点。

四

我爸爸又活了几年，死于癌症复发。我爸爸去世后半年，我妈妈来我家，庆祝米豆的生日。接到电话的时候，我和秋晨正堵在车流里，我把座椅放平了，打算睡一觉。接米豆的小时工已经离开了，米豆独自在家，我妈妈用家里电话打给我，质问我为什么把孩子独自留在家。

这是常事？她用难以置信的口气说。

我挂掉电话，对秋晨说不用急，我妈来了。秋晨说既然这样，不如我们去放松一下。我们去吃了晚饭，看了一部漫画改编的电影，买了一盒积木玩具给米豆当生日礼物，第二天就是她的六岁生日。快到家的时候，又拐去吃了一顿烧烤。

我妈妈坐在客厅，客厅被收拾得整整齐齐，地板光亮如镜。她从家里带来她腌的咸菜，辣的和不辣的，放在一只旧旅行包里，脸上笼着一层阴沉之色。我知道她要说什么，她也知道我会说什么，我们像背剧本那样拌起嘴来，到最后她又说，我真白养了你。我进了卧室，关上门，秋晨留在客厅安慰我妈。我倒在床上，听见他们细碎的语音，我妈妈忽高忽低，秋晨平稳如常，最后他们一起笑起来。我知道，这时候还气哼哼就显得不合时宜。我挫败地用被子捂住脸，后悔为什么没能趁着争吵，问出我最想问的问题。

我爸爸临终的时候，我问过他，为什么离开我妈妈,当时他已经不太能够说话,发出一些含混的音节。这种病到最后都是无法进食而死。他眼睛扑闪着,发出含混的语音。我妈妈端着汤进来,他完全喝不下去,但是她依旧坚持煮汤,我告诉她这没用了。

总得有人熬汤。我妈妈说。

可是他已经不会吞咽了。

那也得有汤。她弯下腰,把汤勺凑近他的嘴唇。我离开这个房间,我和我妈妈睡了许多年的卧室已经像个病房了,或许所有的家到最后都是病房。临死的人身上盖着一层薄被。他用一种蒙眬的目光看着我,又看我妈妈,用目光摩挲着,直至我妈妈变成光滑的石头,烈风抽打,微风吹拂,她就在那里,她是家,也是死亡的接引。

他死后,我妈妈对我讲过他漂泊的故事,住过哪些地方,干过哪些工作,吃过哪些苦,享过哪些福,她半生都围绕着他,以及他留下的空白,最后他总算死在这张床上。他死后她立刻出去旅游,在名胜古迹前微笑留影,穿着鲜艳的衣服。

后事已了,临别前,我妈妈一边跟我讲她的旅行计划,到哪个城市,去看哪个朋友,朋友身世如何,儿女如何，退休金多少，一边收拾衣物，把我爸爸的遗物都拣出来，扔进纸箱里，要全部丢掉。关于我爸爸，她的言行总是充满了矛盾，她似乎是恨他，又盼他回来，等他回来，他要死了，她又表示温情，现在他死了，她急着把他的痕迹全部抹掉……现在我妈妈终于可以回归正常的生活，再也不必自诩为弃妇了。

然而有一个问题我始终没有得到答案，或许再做几十年母女，在某一天，或者某一夜，某个福至心灵的时刻，她会告诉我，用褪尽铅华的语言，把真相说个明明白白。我爸爸去世后，我和我妈妈在等待殡仪馆派车的时候，动手给他换衣服。衣服鞋袜，早就备好，我妈妈说，寿衣得趁热穿，动作麻利点，说着揭开那条薄被。那时候来不及想别的，厨房里的烧水壶鸣叫起来，我妈妈扔下手里的一对袜子，叫我给他穿上，我想不通为什么要烧水，谁会在病人弥留之际跑去烧一壶开水？我拿起一只白绸袜子，又放下，先脱掉死人脚上的那两只，然后就意识到不对劲，一种奇怪的、不调和的感受凸显了出来——他的脚并不是我妈妈形容的那样。

正常的右脚，不缺指头。我给他穿上袜子，然后坐在床边的沙发椅上，等我妈妈回来一起给他穿寿衣。沙发椅可以放平变成一张床，这些天我妈妈就睡在这张床上，随时听着病人的动静，一夜夜等他死掉。

我爸爸和我妈妈之前到底发生过什么，我无从知晓。唯一能够确定的是，她是我的亲生母亲，她和一个男人生下了我。我妈妈把开水倒进保温壶，保证我们从殡仪馆回来还有热水喝。从小到大，每一天，家里随时都有热水，我直到上初中才第一次喝冰水，冰水是甜的，甜中带着一点痛。

他的脚，我吹着杯口的热气，把不小心吸到的茶叶又吐回杯子里。他的脚是正常的。

你的脚也是正常的啊。

那你为什么去数米豆的脚趾？

我妈妈摇摇头，说，我不记得了。

我生米豆那天，你看见孩子，第一件事就是去数她的脚趾。

不记得。

凭什么不记得？

你不能这样对我说话。

有另外一个男人，对吧？

热气袅袅，熏得脸上湿漉漉的，我妈妈长得很美，雾气氤氲，朦胧中更美，皱纹都模糊了。她显得不那么实际了，比起刚才的死人，此刻的她倒更像一个幽魂。我想我说中了，全部都讲得通，她出轨了，出轨了一个右脚长着四根脚趾的男人，她不知道到底谁是我的亲生父亲，才会一而再地确认那脚趾，我的，然后是米豆的。两个人当年都离开了她。她不说，我也猜得出来。他是因为身患重病，需要照顾，才原谅这一切的。

热水放到凉透，我妈妈还是没有回答。她可以永远都不回答，她制造了一个父亲的影子让我去恨，又带来一个真实的父亲让我去原谅。最难忍的是，我一直想把这些事情搞明白，我被整得晕头转向，满腹疑问，她就坐在暗处，看着我如同看着一头原地转圈的、迷茫的兽。最后她说，我的事跟你没关系。

好像从小到大说过的每一句话，吃过的每一顿饭，做过的每一个梦都不作数了，我的回忆和我的感受都成了假的，没有意义的，她说这是她的事情。她说，虽然没有爸爸，但她一样让我过上了不缺吃穿的好日子，她说我没有资格质问她。

这就是我们争吵的原因。直到米豆推开房门，起初只是一道缝，继而轻轻推开，她抱着一只皮球，眼睛睁得大大的，她说姥姥我困了。我妈妈便走过去抱她。米豆也是"别的女孩"中的一个，我好羡慕她。

吓着孩子了，我妈妈说，为什么你总是那么暴躁？

晚上，我和秋晨躺在客厅的沙发床上。他握着我的手，我只感受到自己的冰凉。卧室里，我妈妈搂着米豆安然入睡，不久秋晨也睡着了。我闭起眼睛，所有人的呼吸声交融在一起，像一扇轻轻的门，这扇门把我挡在外面。我清醒着直至天光微明，卧室的门打开了，一点灯光透出来，紧接着是米豆，六岁的米豆，在生日的凌晨，小心地，一步步走出卧室，手里端着一件东西，她轻轻地来到沙发床的旁边，爬上来，跨过熟睡的秋晨，蹲在我身边。

借着一点灯光，我看清楚米豆手里捧着一个完整的积木恐龙，我们给她选的生日礼物，她把它完成了，放在我的枕边，恐龙张着嘴巴，像在微笑。我想她是不懂的，不懂我为什么睁着眼睛不睡，就像我不懂我妈妈，然而就算永远也搞不懂，我们还是互相拉扯着去往平静的地方。我伸出胳膊，将米豆搂在身边，这次是她带着我一起入睡。

五

米豆上初一那年，我妈妈搬来与我们同住。她有点糊涂了，但是明白的时候，脑筋又非常清楚。她喜欢在网上跟人打麻将，瘾头很大，但是眼睛不行，看久了屏幕会眼酸流泪，即便如此也要坚持打。米豆管姥姥叫"麻将虫"，她听了并不生气。

秋晨已经不在原来的公司上班，两年前他决心自己创业，我反对，反对无效，他一意孤行。这种固执似乎也是一种中年危机的症状，我猜后来他也后悔了，面子上还撑着，算算总账，勉强算不赔不赚，每个月还要支付银行贷款的利息。生意越是不好，他越不爱回家，回来常常很晚，虽然不喝酒，但脸色也是沉沉的。往往他到了家，我和米豆都睡了，只有我妈妈在客厅的电脑上打麻将，她几乎过着日夜颠倒的生活，晚上不睡，白天不起，有的书上说睡眠紊乱也是老年痴呆的兆头，劝她，她也不听。

有一天，秋晨回来得很早，说他的合伙人想要退出,关于钱的问题,起了纠纷,原来这事已经争论好久了,今天翻了脸,他才跟我说。这合伙人原是他的大学同学,交情极好的,遇上钱的事也还是一样。我伸过手去摸他的头顶,在黑暗中,毛茸茸的,四十岁过后他就一直留这种极短的寸头,和尚似的。我想说谁让你当初不听我的,话到嘴边吞了回去,因为我妈妈突然推开我们的卧室门,说客厅的马桶堵了,用一下你们的。

几年前,我妈卖了自己的房子,秋晨的爷爷去世,也给他留下一些钱,秋晨一直存着。这两笔钱加起来,我们付了首付,买了现在住的房子。我妈妈起初自己租房子,不愿意跟我们住,直到有一次她在家附近迷了路,给我打电话,让我帮她回家,我才发觉她身边必须有人,不能再独居。

我们安静地躺着,我妈妈从卫生间里走出来,轻轻地带上房门,回到外面的电脑上打麻将。我对秋晨说,睡吧,明天再说。秋晨翻身起来,去通客卫的马桶,我听着一下一下的声音,直至疏通,水声仿佛一个响嗝。这一夜秋晨在沙发上睡了,第二天早早出门,买早餐回来,米豆说哇,太阳从西边出来了,爸爸这么勤快。这天是周六,米豆睡了个懒觉,我妈妈通常要到中午才起来。

早饭后，秋晨和米豆下楼去打羽毛球，我在家收拾过季的夏天衣服，把秋冬的厚衣服拿出来。我妈妈起床了，坐在床沿上用手一下下捋头发。她和米豆共用一个卧室，上下床，米豆睡上面，她睡下面。有时候打麻将到半夜，困了就往沙发上一倒，年轻时规律生活的好习惯都不见了，养成了一些新的习惯，比如，睡醒了捋头发一百下。

秋晨呢？我妈问道。

和米豆打球去了。

你怎么没去？

我在收拾东西。

她走到窗边，向楼下张望，说，没在楼下啊。

说不定去了别的地方。

她站了一会儿，慢慢走去客厅，在餐桌边坐下来，早饭还摆着。她一边吃，一边说，没准儿他也跑了，跟你爸爸一样，跑了。我把夏天的衣服一件件折好，收进衣柜的格子里。她又说，昨天夜里，我看见他在客厅翻东西，是不是在找身份证？现在买火车票要身份证。

别胡思乱想了，要不要把粥热一下？

085

男人都是一样的，你的男人也一样。

秋晨和米豆满头大汗地回来，两个人各拿着一瓶冰可乐。我妈妈仍是慢悠悠地喝那碗小米粥，咸菜泡进粥里，现在她喜欢吃很咸的东西，口味改变，也是老年痴呆的症状之一。

午饭是秋晨做的，只要在家，他总是做饭。我妈妈说她的一个网友去世了，少了个固定的麻将搭子。米豆下午要和同学出去看电影，秋晨说我可以开车送你们，正好我在那附近的咖啡厅约了人谈事情。

我妈妈眼神锐利地望了我一眼，她许久没有过这样机敏的神情了，两朵火苗在眼中一闪。吃完饭，我洗碗的时候，秋晨和米豆就出去了，米豆刻意打扮过，换上一件很少穿的白色连衣裙，嘴上一点红，我想等她回来，我再盘问不迟。我妈妈通常会睡个午觉，这一天却格外精神，在房间里走来走去，我倒是困了，睡了个午觉，醒来家里静悄悄的，我妈妈不见了，手机在家，没有带。

我慌忙给秋晨打电话，告诉他妈妈可能走丢了，快回来找找。他说他约了人吃晚饭，是很重要的合作机会，不能错过了。我挂断电话，自己跑出去找，公园，超市，餐厅，车库，理发店，按摩店，凡是开着门的都进去问一下，有没有看见一个头发花白的老太太，有点驼背，大概这么高，穿一双很旧的棉拖鞋。

人人都说没看见。米豆回来了，迎面撞见，嘴唇比去看电影之前更红些，见我慌慌张张的，问怎么了，接着跟我一起找。我们走遍了家附近的各种场所，秋日午后，阳光明媚，最后我们沮丧地坐在街心公园的长椅上，我妈妈常来这里散步。

秋晨推掉约会，赶回来了，打电话说他往另外一个方向去找，老太太走不远。我和米豆也起身继续找寻，直到秋晨说他找到了，给出方位，我和米豆匆匆赶去，只见她坐在一个隔离带的水泥墩子上，面朝着来往的车流，秋晨想把她带到安全的地方，她不肯。见我来了，秋晨便松开手。

我妈妈坐在那里，右脚踩在拖鞋面上，袜尖上一个洞。我弯腰拾起拖鞋，套回她的脚上，感到一阵愧疚。她回过神来，抬头看看我，又看看米豆，目光停留在秋晨脸上，她站起来，对着秋晨伸出一只手，摸他头顶的寸发，说你的头发怎么这么少，还白了？

秋晨看看我，说，妈，咱们回家吧。

这些年你跑哪儿去了？头发都白了。

我才注意到，秋晨的头发竟白了不少，才四十出头。米豆去搀姥姥，手上的粉色指甲油涂得均匀齐整。我们一起回了家。我妈妈的病症从这一天起，慢慢地严重起来，时常忘记我们是谁，叫错名字，混淆时间。有一天她以为自己是自己的外孙女，爬到米豆睡的上铺去了，我怕她摔了，让她下来，她不肯，大声抗议。她说她要睡了，叫我出去，一边说一边脱掉上衣，背心，睡裤，最后扯掉袜子。那袜子本来扔掉了，她偏要从垃圾桶里捡回来，自己补好，这是她脑子清楚时做的事。原来这么多年，我一直活在我自己的狭窄世界里，那里并没有一个真实的我妈妈——她的右脚长着四根脚趾。从我记事起，她从来不会当着任何人赤脚，包括我，无论冬夏，在家永远穿着袜子和棉拖鞋，她要求我也必须这样——要喝热水，要穿好鞋袜，要有汤……我全盘接受她的教导，养成她的习惯，仿佛生来如此，从来不想为什么。

我出生的时候，她也曾颤巍巍地数着脚趾吗？我爸爸离开她，是因为这个吗？我想不是，一定还有别的我不知道的原因，可是她担忧了一代又一代，担心我和我女儿继承她身体的缺陷，从而复制她的命运。原以为傲慢的，其实是出于卑微。我妈妈说她要睡觉了，明天早上起不来，上学迟到，要被老师批评的，这都是从前她对我说过的话。我捡起她脱下来的衣物，一件一件，抱在怀里，离开房间，将她留在黑暗中，那黑暗像一个温暖的巢穴。或许明早醒来，她又变回我妈妈，我们就可以一直说话，一直聊天，谈论爱、恨和遗憾，絮絮叨叨，无穷无尽，直到她再次迷失。我期待着。

在苹果树上

一

还有三十分钟，我就要上台表演，芭蕾舞《天鹅湖》中的一小段。今天也是我的十四岁生日，晚上我们全家要出去吃饭，我爸，我妈，还有我姥姥，她从老家搬来与我们同住。

我坐在后台的一把椅子上，椅子凉凉的，周围都是忙碌的人，给其他演员化装，或者走来走去，搬一些东西，这里天花板高得看不见，隐没在一片黑暗中，黑暗深处垂下一些摇摇晃晃的灯。这是一座很旧的剧院，给人的感觉又高又窄，像一口深井。当然它不是井，它是一个活跃的演出场所，但是气质如井，这意思谁懂啊。谁也不懂，我跟我最好的朋友说，她只是说，你又发神经了。

没人懂的感觉也像浮在一口深井里，月亮的影子印在我身边。我把这个比喻画下来,画在课本的边缘,看起来像一个神秘的符号,或者咒语,或者别的什么,久而久之,它的意义不重要了,它变成了一个专属于我的图像,一口深井的竖剖面图,一枚涂成黑色的月球和一个向上仰望的人头。

我妈曾经想培养我画画。将来当个画家。她说,她这个人一说起话就没个边儿。画家,舞蹈家,音乐家,科学家,她总是大惊小怪,掘宝似的试图在我身上发掘天赋,我没有任何天赋,我比她早知道,也没有任何叫得上名字的兴趣。发呆算吗?

芭蕾舞是我妈妈要我坚持练习的,你总得坚持一件事,她说,别问有什么意义,要问这个问题,追究到底,那么大家都只好去死。在她看来,吃苦就有意义,流汗一定能换来点什么,只是我还太小,一时半会儿无法领会。然而她活了四十来岁,也没有搞明白每一件事的意义。我去问姥姥,她对着电脑打麻将,一张张牌翻过来,她脸上跳动着光。姥姥不会说什么大道理,她有点糊涂了。就因为这样,我倒乐意跟她待在一块儿。

其实我并不讨厌芭蕾,我只是有点迷茫,转圈,转圈,转圈,转圈,到底是为了什么。老师的肩膀和脖子像是用尺子比着画出来的，近两年皱纹爬上了她的眼角，但是她还是一样美。我妈妈希望我将来可以跟老师一样美。一样美，然后呢，一样老，一样生病，一样死掉，跟所有人一样，那又有什么意义呢？如果我把这些话跟我妈妈讲，她会忧虑地看着我，怀疑教育出了问题，她这个人任何事情都喜欢追根究底，找出个原因来，这样使她觉得安全，但是我知道，天生就知道，这算不算一种天赋？我知道人做出来的大部分事情都没有意义，哪怕给它们一百年的时间，它们依旧没意义，像半埋在土里的旧瓷碗那样暗淡无光。

快轮到我上场了，听得见报幕的声音，字正腔圆，很不自然。我不喜欢这种拖长了声音的说话方式，我喜欢平平淡淡的语调，像平常说话一样。下一个节目是，响起一阵歌声，前面领唱的就是刚才的报幕员，一会儿我也要自己报幕，像幼儿园的毕业演出一样，告诉大家自己是谁，要表演什么，孩子们走上临时搭起的舞台，脸上的表情好像马上要做错事了，预先检讨一下。连续两年，我都跑去看我家楼下幼儿园的毕业表演，在操场上举行，家长们坐在下面，我站在铁栅栏外面。十几岁的时候回想童年，童年是最遥远的，等到了我妈妈的年纪，她说起小时候的事情像昨天一样。

我坐在一个黑暗的角落，穿着白裙子，仔细看白裙子有点泛灰，不怎么洁白了，早知道排练的时候不穿它了。有那么一刻，后台忽然安静，特别地安静，安静得像一个晴天的下午。我曾经在作文里写过这么一句话，被老师画下波浪线，但是整篇作文得了低分。语文老师今天没来，谢天谢地。如果我把这次演出的经历写进课堂作文，她就看不出来我在胡编乱造。

合唱到了尾声，有一句骤然高亢起来，然后急转直下，又清又轻，这一段他们练了很久。我的朋友方婷本来也在里面，天天放了学去排练，我听她抱怨了一个多月。今天她没上台，借口发烧，但是我知道她没事，她溜到外面等着我，一间我们常去的甜品店，高脚杯装的烧仙草上面浇满炼乳，两把小铜勺。大概几个月之前，我们来这里吃完东西，走出门，肩并肩，手心忽然一凉，一把勺子塞进我手心，方婷手里晃着另外一把。我说要送回去，这是偷东西，她说，要送你去送。

最终我也没有把勺子送回去，而是把它扔进了垃圾桶，公德心啊，还知道东西要扔进垃圾桶，方婷整整一周没有理我。奇怪的是，在她不理我，我一个人独来独往的那一个星期，我觉得很轻松，我知道她一定会再来找我，因此尽情享受着这种轻松。时间倒数，我的倒数和方婷的倒数不谋而合，归零的那一天，她隔着两张课桌，向我丢来一块金纸包着的巧克力，是她妈妈给她买的。方婷跟着奶奶生活，跟她妈妈只有周末见面。对着阳光细看，金纸上有隐晦的花纹。

她没有再拿过甜品店的勺子。

有时候，非常偶然地，我觉得方婷想说些真正的心里话，有时候我也想说，但是我们刚开了头就尴尬地停下来，忍不住抬头望天，好像怕老天爷会偷听。我们把彼此视为世界的一部分，既想探索又想逃避，在别人看来，我们好得像同一个影子，但是，我也不知道但是之后还有什么，总归有另外一句话等着我们。

这不是今天要回答的问题。今天，我要上台了。再过五分钟，两分钟，一分钟，现在。

一只小天鹅，踏着四只小天鹅的音乐。我妈妈答应我，今天演出结束，我就不用再上课了。跳完这一次，我就可以告别芭蕾，妈妈满意，老师满意，我自己满意，皆大欢喜，一个句号。

底下黑黝黝的。所有人失去了脸庞，音乐一遍遍刮过他们的脸，刮掉了五官和肤色，像很多年后偶然看到的一幅油画，一群五官模糊的人，齐刷刷向上举起双手，那个时刻，这个时刻，联通起来，也许这就是我妈妈所说的"意义"，它使我觉得生活没有白过。

同学们和老师们给我掌声，那掌声带着鼓励的意味，因为我摔了一跤，但是我的反应非常快，继续跳下去了，最后我轻快地下场。到后台就哭了出来，幸好没人来安慰我，世界真是充满了善意和理解。路过的人都刻意离我远一些，绕着我走，让我哭完。

我就这样告别了芭蕾和美丽的徐老师，她专程来看了我的表演，说我很棒，她总是夸奖我，也夸奖别的学生，非常好，非常棒，棒极了，好听的话在她那里通货膨胀，练习室里充满了轻盈的彩色泡泡，裹着我们的笑声一起徐徐上升，升到缥缈的、看不见的高处去。我念小学的时候，每年她都办暑期托管班，把学生都召到她家里去，她在郊区有一所带院子的别墅，院子里有充气泳池，五六个小女孩在那里住一周，像个夏令营。徐老师的爱人给我们做饭，一楼的客厅被辟为教室，四面装了镜子。每天吵吵嚷嚷，像个热闹的鸟笼。那时候我的理想就是成为徐老师那样的老师，教小孩跳舞一定很赚钱，至少比我爸爸开玩具店赚得多，他的玩具连锁店最多有过三家，后来只剩下一家。

当我不太懂事的时候，我以为全世界所有的玩具店都是一家，我爸爸开玩具店的，于是我可以进所有的玩具店拿东西，被我妈妈当成笑话说了好几年，当然更大的笑话就是我爸爸的生意经。他总说自己是运气差，但是我妈妈认为他运气一点不差，甚至以他的能力而言，运气算是好得不得了。

他总是很晚回家，早上他坚持要开车送我上学，为了每天能相处十几分钟，我知道他尽力了，无法再抱怨。但是，总有一个但是，我们依然不可避免地越来越疏远，他的玩具店对我来说，已经太幼稚了，但是每年我过生日，他总会送一样店里的商品作为礼物，他以为我会喜欢，我觉得他是为了省事。去年，我对他说，爸爸，现在的女孩都不玩芭比了。

你怎么知道。

方婷说的。

你小时候不是喜欢这些？

我不小了。

这些漂亮的布娃娃在我房间的柜子里，占了一个衣柜的方格，站着，倒着，竖着，横着，是我爸爸的爱，也是他卖不出去的库存。我送过一个给方婷的，第二天方婷说，她对布娃娃没有兴趣，跟我一样。我们好像发现了新大陆一样，原来现在的女孩子都不喜欢芭比了。

那时候我们上五年级，以为身边即世界，现在也是，只不过现在我的"身边"更宽阔了一些，仍然是个玻璃缸。我在一个外国电影里遇见了这个绝妙的比喻，世界像个玻璃缸，我们能活下来，是因为还没有一个坏人有足够的力气将它捧起来摔碎。

也许就有那么一个人，也许那个人就是我呢。

十四岁的我，想象不出怎么样建造一个属于自己的世界，能想到的只是毁坏。毁坏是很有美感的，像电影里的暴力场景。有个词叫"暴力美学"，其实我说不太清楚它究竟指的是什么，我喜欢词与词之间的矛盾感，暴力美学，我在英语课本的边缘写下来，恐怖美学，我接着写，肮脏美学，仇恨美学，血腥美学，我的生活里没有这些，我只有日复一日的平淡家庭生活，但是在我爸爸、我妈妈和我姥姥都不知道的时候，我写下这些字，再把它们一一涂掉，涂改液一团团地凝白，我喜欢那股淡淡的油漆味道。为了使用涂改液，我肆无忌惮地乱画乱写，一笔画过整本书的书页。

为了重建美好，所以先要尽情地去毁坏，这是我从电影中的反派那里学来的。比起硬邦邦的正面人物，反派的花样更多，更迷人，而且，他们更愿意讲道理，讲得还很好听，像方婷一样。

方婷说，你知道一杯烧仙草的成本是多少吗？不到两块钱，收我们二十块，你知道一把不锈钢勺子在批发市场多少钱？几毛钱。怎么能算偷呢？我们给的钱够买好几把勺子。

方婷总是显得很有道理，她成绩好，老师都喜欢她，她应该是对的。有时候，我觉得她比我父母更令我信服。他们总是对我讲那些我早已知道的东西，而方婷总是给我新鲜的认识。跟她在一起总有意想不到的事情发生。她总在探索看不见的边界。

我只会说，不能偷人家勺子吧，她却能讲出一番道理，我从来没想到过的。她经常说，你要换个角度看。后来过了很久，我明白了，换个角度看，就是从她的角度看。她显得那么自信，好像看透了世间万物的伪饰，别人都说一，她定要反过来说二，她与众不同，与我也不同。她一开口，仿佛所有人都是她的背景。

但是，只有你能理解我，她说，然后我们从小学时的普通玩伴，变成了青春期最好的朋友。她打电话给我，让我到甜品店去找她，还有朵朵和付成，朵朵是隔壁班的另一个女生，付成好像是她的男朋友，或者他们在玩一个男女朋友的游戏，一种对成年人的模仿，我不知道。我想他们之间相处的套路是跟电视剧里学的，而电视剧又是一种拙劣的模仿。方婷说，电视剧里的演员模仿人们谈恋爱的样子，他们又去模仿那些演员，一个圆环，她用手在空中比画，世界就是一个圆环套着另外一个圆环，你学我，我学他，他学你，然后，假的就变成了真的。她打了一个响指，像施了魔法，或者灵光一闪，瞬间想通一切。

方婷从来没有困惑，付成和朵朵是不是在恋爱，只有他们自己知道，我们都表现得像成年人一样，不问。我见到他们的时候，脸上的妆还没卸掉，他们三个都没有去看学校的演出，借口生病，就可以闲逛一个下午。

"摔了一跤，有什么好哭的。"方婷说。

"我的老师坐在下面。"我说，"她坚持要来，她得癌症了，在化疗。我没跳好真对不起她。"

"可真俗啊。"方婷轻轻地说。我的背包里装着舞裙和舞鞋，忽然变得沉甸甸的。我们走进了甜品店，一个四人座，我把背包放在地上。付成点了一杯冰可乐，三个女生都要烧仙草。

方婷带来一个小蛋糕，见面的时候她就提着一个纸盒，我装作没看见。她把盒子上的缎带解开，盒子打开，将蛋糕从里面抽出来，白奶油四周缀着草莓，中间写着：生日快乐！芭蕾女神！

天哪，女神，哪怕只有几分钟。付成从口袋里掏出一个打火机，把蜡烛一一点上，十四支。去年的今天，我爸和我妈为了玩具店的事情大吵一架，忘记了我的生日，事后他们都补送了礼物给我——那不是为了我，是为他们自己感觉好一点，方婷分析得对极了。

方婷擅长分析人物，看透人们的伪装，即使是她没见过的人。因为人都差不多，她说，人性都一样。我没想过她的洞察力从何而来，好像她已经过了十几辈子，几十辈子，俯视过所有活着的和死去的人。她那种笃定和自信，对我来说像玻璃橱窗里的漂亮商品，可望而不可即，贴上去一阵冰凉。

蜡烛吹灭了，服务员赠送了一份酸奶水果，看来老板不记得偷勺子的事情了，或许压根没发现。分完蛋糕，我拿出手机看时间，这个时候我应该到家了，然后和家人一起去订好座位的餐厅吃饭。正常，完美，温馨，但是我不想。

我不想当道具，我自己才是表演者。在舞台上，我对着黑漆漆的观众席，自己给自己报幕，表演者：董露，小名米豆，家里人和幼儿园老师都这么叫我，还有从小认识的朋友在一起玩的时候，学校里我们只用学名。

我跳得很糟，我知道。下台之后老师发微信给我，切完蛋糕我才打开来看，长长的一段话，贴近耳朵，还是一向的愉快与温柔，听不出重病的痕迹。方婷把一片写着"生日快乐"的白巧克力放在我的盘子里。

马上，我爸爸或者我妈妈的电话就要打过来了，问我在哪里，为什么不回家？或者你直接去餐厅吧，帮你叫辆车？他们表现得像一对普通夫妻，或许不那么恩爱了，但是依然和和气气。对不起，那是你们的舞台，不是我的。

只是为了让你们自己感觉好一点而已，假装完美的家庭，赞美糟透了的演出。我把巧克力放进嘴里，清脆地咀嚼着，等着电话响起来。今晚，我的缺席会迫使他们直面现实，不再躲避。灯光下他们面面相觑，反思家庭出了问题,或许他们会互相指责,说对方没有教好孩子,或许他们会看在姥姥在场的面子上,装作无事发生,他们会哈哈笑着说我是个马大哈,忘了今天是自己的生日,忘了把手机静音打开,她今天演出,她跳得多棒。班主任把我表演的视频发给我妈妈,她拿去给同事炫耀,一切都很好——让我用行动告诉他们,这是假的。你们都是假的,我才是真的,当然还有方婷,方婷是全天下最真最真的一个人。

甜品店外,天色渐渐灰暗,街灯点亮了。我们吃完了蛋糕,从店里走出来,四个人漫无目的地闲逛。对我们来说,这样悠游的日子太少了,一个星期五,下午学校搞活动,不用上课,他们三个借口请了假,偷得半日闲,陪我过了生日,才刚到傍晚。悠闲的日子原来这么漫长,平常我们总是争分夺秒。

我一次又一次地看手机,确认没漏掉电话。

这就是自由吗?付成和朵朵在后面低声聊天,方婷走在我前方半步,她转弯我就跟着转,不问要去哪里,因为去哪儿都一样。只要不去那家餐厅,今晚就是胜利。街边的店面,有的温暖热闹,有的冷冷清清,我挨个儿读着招牌上的每一个字。手机还是沉默的。

这沉默像无声嘲讽。为了打破沉默，我跟方婷有一搭没一搭地聊天，天气，衣服，老师的八卦，老师的八卦，衣服，天气，总是这样，需要聊天消磨时间的时候，话题总是贫瘠。方婷察觉到我心不在焉，她稍微停顿一步，待我赶上来，然后抓住我的一只手，放进她牛仔上衣的口袋里，天气并不寒冷。我生在初秋的一个夜里，我妈妈说那天夜里下雨，在所有跟水有关的字眼里她选了"露"字。

方婷这样拉着我，像小时候。小时候我们总是手牵手走路，好像童年时期的人类身体是没有边界的，随意触碰，越过再退回。忘了从几年级开始我们不再拉手了，再碰到她的手，她的温度已经跟从前不一样。

你好凉。我说。我的声音被马路上的噪声盖过了。

或许是一种心理作用，我总觉得方婷是凉的，冷的，需要冷静下来的时候，我就去找她。她总能一两句话就点破天机，像一把冰做的利剑，刺破伪装之后又融化于无形。

她是一个真正的少年。在一次课堂作文里，我写了我的好朋友，用这句话去形容她，真正的，比漂亮的，可爱的，聪明的，勇敢的，比这些形容词要有力得多，真正的，这三个字应该重重画下双横线。

天渐渐黑了，到了一个即便是身量接近成年人的中学生，也应该回家的时刻。付成和朵朵都接到家里的电话，问在哪里，让赶紧回去。方婷和我没接到家里的电话，她跟奶奶生活在一起，奶奶时常犯糊涂，有点像我姥姥的毛病，或许把孙女这个人忘了，或者忘了时间，我感到了一丝寒意。

付成和朵朵走了。他们过马路时也是手牵着手，左瞧右看，贪近路没走斑马线，到马路中央犹豫了片刻，然后一下子冲到对面。两个人往同一个方向走，拐个弯不见了。方婷说她又饿了，要去买个面包吃，我说我得回家了。

"还不到八点，急什么。"

"我不回去，他们该着急了。"

"着急了会给你打电话的。"

"我得回家了。"

"那你走吧。"

我跟她道再见，她没说话。我走向路边，打开一辆共享单车。我骑上车，回头看了方婷一眼，她还站在路边，看上去有些茫然，好像她也是一个路灯，只是还没点亮。我回了家,到门口,掏钥匙开门,门一开就像走进了一集八点档电视剧。

我爸爸系着围裙,往桌子上码菜,我妈妈往蛋糕上插蜡烛,十四支,我姥姥坐在沙发上,喝着她最喜欢的白杏汁,在一家新疆餐厅里喝过,后来我妈就从网上买回一箱。我妈妈一见我就双掌一拍,大声说,来了,先点蜡烛吧。

第二次点起蜡烛,感受到全家人的努力。许个愿吧,我的所有愿望都是无法实现的,但是我依然认真地闭起眼睛。周围安静下来,好像一个小孩的祈愿真能奏效似的,然后呼地吹灭所有。第二次吹蜡烛,后来,我听方婷说生日蜡烛只能吹一次,代表新的一年开始,如果吹了两次,你的寿命就会减少一年。我问她从哪里看到的这个说法,她不肯告诉我,把话题转回了塔罗牌。

假如真能这样,我应该多吹几次,我想,许更多愿望。至于寿命会不会减少,十几岁的孩子根本不在乎。

我爸爸煮了面条,从餐厅打包回来几个菜,缀满水果的巧克力蛋糕在正中央,我应该掏出手机来拍照,然后发出去炫耀,连同我收到的生日礼物一起,一个巨大的、衣着华丽的看起来价格不菲的公主娃娃,天哪,又是哪一年的库存。

他们努力了，我也应该努力，一种无言的默契。关于失约的事情，他们只字不提，好像压根没有过这样的安排，也不问我离开剧场后去了哪里，和谁在一起，为什么不打电话，为什么这么不懂事。从这一天起，我觉得我的父母好像长大了，成熟了，不是我印象中的那两张脸孔了。在等我迟迟不来的时间里，他们按捺住打电话的冲动，她怎么了？她安全吗？她为什么不来？跟昨晚的争吵有没有关系？昨天晚上我跟我妈大吵一架，我说我不想跟你们出去吃饭，不想看你们两张假脸，虚伪透了。

昨天晚上的我妈妈跟今天大不相同。昨天，与我相比，她倒像个失控的孩子。她哭了，说着一些诸如我太不懂事太让她伤心之类的话，好在她没有找我爸爸诉苦，也算是一种进步。关于如何对待女儿的问题，他们俩少有的意见一致：你不可以太惯着她了。

十四岁生日，第二次，我均匀地切分蛋糕，我妈妈举着手机在旁边录像，或许昨晚吵过之后，她痛定思痛，决意做一个新人。她是新的，我还是旧的，新的妈妈和旧的女儿，她会如何看待我今天的行为呢？像一个难解的谜题那样折磨着我，问题是她根本不问。

我们和乐如初，是元初的初，是一切一切开始的那一个"初"，比我一个人的生命之初还早得多，甚至早在我爸爸和我妈妈相识之前，在他们的父母的父母相识之前，再早一些，更早一些，在一切都是混沌的时刻，一个漫长的仿佛没有尽头的时刻，彼时我们都是圆融美满的一部分。后来发生了什么，我们才慢慢分开，慢慢发现彼此，慢慢不再牵手，相互背离，慢慢走到今天。

对于我和我的家人，今天是全新的一天。我把蛋糕分给他们，保证每一片上面都有一颗完整的草莓。第二次吃到生日快乐牌，也是白巧克力，一样的巧克力，一样的冰冻草莓，只是尺寸不同，我忽然想到了什么，把放在一边的蛋糕盒子拿过来看，跟方婷买的蛋糕是同一个牌子，算不上什么巧合，这家连锁店开遍全城。不过，巧合倒是可以解释许多疑问。

在几个朋友中，方婷总是最有钱的那个，她奶奶不给她零花钱，但是经常让她帮忙买菜，她会悄悄留下一些作为跑腿的报酬，反正奶奶糊里糊涂的——做什么事都应该有报酬，她说，如果别人想不起来，自己要记得。所以，她买得起一两百块的生日蛋糕，一点也不奇怪,奇怪的是我父母,居然对我失约并晚归不闻不问,要么他们失去了控制欲,要么是他们早知道了。这种感觉很糟糕,我宁愿相信前一个答案。今天,他们演得毫不费力,像一对疲倦而不失和睦的中年夫妻,只有我知道他们之间完蛋了,因为钱,因为玩具店经营惨淡,或者因为别的什么大大小小的重要不重要的事情,他们努力维持一个美满家庭的幻觉,十年后再把个人痛苦的责任毫不犹豫地推到我身上,谁都不会承认自己很自私。

我姥姥安静地吃着蛋糕,好像什么都知道。我跟我姥姥睡在同一个房间,上下铺,像睡在火车上,目的地却不是同一个。她正在以一种失控的方式驶向终点,我要驶向哪里,我不知道。姥姥有时候犯迷糊,但是她的看法总是很准确,或者就是因为糊涂了,人才会不由自主地讲真话。关灯之后,我跟她经常在黑暗中聊天。

"期中考试英语考多少分?"

"八十六。"

第二天她又问:"期中考试英语考多少分?"

"八十六。"

"上回你说九十六。"

"上回考了九十六,这回考八十六。您搞混啦。"

"昨天你说九十六。"

"不是啦。九十六是上次期末考试。"

九十六可能是我妈妈的某次考试成绩，因为我上次期末英语考试只有七十六分。这几个月我的成绩很有进步，为此我妈妈变得安详了许多。上中学以来，我慢慢发现大人身上也有情绪开关，学会适时地控制它们，甚至改变它们，是小孩的生存技巧之一。我姥姥不承认像我这样的孩子也需要生存技巧，因为"你不缺吃不缺喝"。我想我要是能像姥姥那样简单地活着，把复杂都留给别人，该有多好。

其实，姥姥也在使用生存技巧，比如，沉默，她使自己在家里像一个局外人，我不知道这样是否会让她病得更重。她偶尔会用"你们家"这样的说法，你们家的花儿该浇了，她会提起水壶去浇花，虽然那些绿植是她出去散步的时候买来的，但也是她在照顾，说起来仍然是"你们家的花儿"，以前她总是在客厅里对着电脑，后来我教她用iPad，每天吃完晚饭，她就回到卧室去，用iPad打麻将，或者两边轮流用，换个姿势。我妈妈说姥姥的颈椎比上班族的还差劲，又说打麻将可以锻炼大脑。打麻将到底好还是不好，我妈妈也搞不清楚，只好随她去了。

在家里，姥姥是唯一让我敞开心扉的人，因为无论夜里我们聊过什么，第二天她都会忘光。她记得清楚的，全是那些几十年前发生的，与我毫无关系的事情。当我们都睡下了，关了灯，她的絮絮叨叨就渐渐变成梦的背景音。

应该最后吃蛋糕，吃了蛋糕就吃不下饭了。姥姥说。我妈嗯了一声，看我一眼，我爸吸溜着一碗长寿面，没注意到我。我用筷子慢慢挑着面汤里的青菜，先煎成圆形再放进面里的金黄鸡蛋，讲究的做法。我很饱了，两大块蛋糕，烧仙草，酸奶水果，再加上热乎乎的面条，食物在胃里搅成一团。生日这一天的食物如果代表了友情和亲情，我已经得到太多了，多到难以消化。

"长寿面不能剩下。"我妈说，微笑着。今天她出奇地宽容体谅，我不能连这点要求都拒绝，努力地吃面条。姥姥最近精神不错，她犯糊涂的时候走丢过一次，被我爸爸找到的，到目前为止，还没发生第二次。眼下她吃完了面条，汤也喝得很干净，我爸爸和我妈妈也吃完了，我们家很少在饭桌上谈话，现在所有人都在看着我，一根一根地挑那面条。

如果他们想问,现在是个好时机。下午你疯到哪里去了?

我妈妈开口了:"徐老师给我发微信,她说你跳得非常好。"

她打开手机给我看徐老师拍的照片,在舞台上,我的脸涂得黑黑红红的,眼睛周围描得很粗,看着有平常的两倍大,鼻子被强光照得看不清,嘴巴微张,像一道崩裂的伤口,头冠好像戴歪了,或者角度问题。我一向怕看照片,却爱照镜子,照片里的自己像一个陌生人,跟想象中的自己完全不同。徐老师还说我跳得好,我只想到人之将死,其言也善。这种刻薄话千万不能说出口。

一张又一张,我仔细看徐老师镜头下的我,拍这些照片的人被判只剩下几个月生命,因为这个我差点放弃演出,那情景太可怕了,让她看到我这么年轻、健康、活泼、强壮,多残忍。但是我妈妈说不是这样的,老师看见你上台表演,会非常高兴。

但是这种高兴也是很残忍的。我想不到悲哀,只想到残忍,好像自己是世界主宰,可以随意地选择仁慈或者残忍,想不到自己是更广大的悲哀的一部分,想不到自己那么渺小，微不足道——跳就跳吧，就当是一次告别。

我是怀着告别的心情上台的，结果却令人沮丧。就算没摔那一跤，我的十四岁生日是否会过得更开心些，我也不知道。我躺在床上，想着戴假发的虚弱的徐老师，满场黑压压的人头，亮堂堂的我，不少人举着手机在拍，留下永久的尴尬瞬间。方婷说没关系啦，我听说你现场反应很快，而且绝对没有走光。她挽着我的手，从洒满阳光的操场走回教学楼，她比我高半个头，长发垂下来，像笼罩着阴雨的山峰，回到教室她就把头发重新扎起来，露出侧脸如同雨过天晴。付成和朵朵在后面叽叽咕咕，聊得热闹，不一会儿他们就被数学老师叫起来回答问题，付成卡住了，答不出，尴尬地站着。方婷坐在我身边，悄声说出答案，她一直觉得自己比所有人都聪明。我想这也不算太夸张。

二

夜深了，我还清醒着，听见下面传来姥姥的鼾声，轻轻的，偶尔中断，马上又连起来。我很困，却睡不着,迷迷糊糊地觉得自己遇见许多人,他们向我走来,我从他们中间穿了过去,眼前又是空荡荡的黑暗,来不及打招呼,都是我认识的人。有些天天见,有些很久没见了,比如我的小姑姑,我爸爸同母异父的妹妹,上次见面是去年十一放假,她带我去她家里玩,住了一周。她父亲春天刚刚去世,家里只剩下一个奶奶,她妈妈,也就是我的亲奶奶,想让小姑姑放假去自己家里住,她不愿意,借口说要带我回老家玩,没有时间再去看望母亲。我奶奶住在一个海滨城市,经常在天气预报里听见那城市的名字,我很向往,可是小姑姑并不想去。十月一日当天,我爸爸送我上了火车,小姑姑在那边站台上等着接我。那是我第一次一个人坐火车,只记得铁道两边无边无际的绿色田野。

小姑姑家里挂着她父亲的遗像,他活着的时候,我一直叫他爷爷,对他印象不深,只是和气,话少,爱喝白酒,每次我们全家去看望他,都会带两瓶白酒,我爸爸跟他的继父关系一直不错。刚刚在黑暗中,我也瞥见了他的脸,模糊的,但是肯定是他。不知道为什么,在十四岁生日这一天的夜里,眼前会浮现这么多人,像是总结也像是开端,仿佛有生以来第一次尝到了思念的味道，从徐老师的假发开始的那种难言的萧瑟的情感，发酵成与所有人有关的一场乱梦。思念的味道是酸酸的，像不合时令的冷冻草莓。

方婷，我想那蛋糕不是她花钱买的，她的豪爽大方与我妈妈的沉默无语一样不正常，或许可以凑成一个答案。我妈妈让方婷去买的蛋糕，而她就像帮她奶奶买菜一样，收了大蛋糕的钱，买了一个小尺寸的与朋友们共享。这样就全部解释得通了，如此的毫无惊喜与毫无意外，才是我的生活。从来没有跳出五指山，从来没能逃过我妈妈，她总是看得比我更远，动作比我更快。我脸上的笑容是在掩饰撒谎与尴尬，而她脸上的笑，意思是洞悉一切，烛照万物，妈妈啊，想象不出她从哪里学来这一套，一定不是我姥姥。

是时间教会她的，就像时间教会我一样，等时候到了，也许我们都是一样呢，这么一想，也够绝望的，但是又有希望，我也说不清这种遥遥的希望是什么，也许是一种无法说清楚的欲望，好像在茫茫黑暗中见到一点灯光，那灯光带来的不是喜悦，而是更深的疑惑甚至恐惧，但是水流不可遏止地把我带去光亮的方向。时间在耳边呼啸。

我渐渐睡着了，醒来时觉得自己又新又旧，急于投入新的一天，又模模糊糊地想摆脱些什么。成长病。方婷说。她说起话仿佛已经过完一生，或者她就是天赋异禀。我真的相信一些神秘的东西，比如塔罗牌，用笔占卜，或者在纸上画一棵想象中的树，方婷会由此解读画画者最近的心情，在担心什么，害怕什么，向往什么，总而言之，是关于人的内心深处。

"就是你缺少的东西。"停了一下，她又说，"别说你什么也不缺。每个人都有欲望。"

我缺少什么，需要别人来告诉我，也是一个全新的认知。方婷的欲望又是什么？我不知道，因为算命的人无法算自己。两个中学生在一起热衷于谈论玄学，感觉有点不合逻辑，但是我们的生活不是由逻辑来规定的，这一点真知灼见到了成年便消失了，就会变成我父母那样，尤其是我爸爸，他一直在努力，他觉得他没理由创业失败，没理由生意做得比别人差，到底是为什么，归因于命，然而他根本不信命。

"今天下午进来个客人，说我们店里风水不好。"一次吃晚饭的时候，他说。

"来骗钱的。"我妈妈答道。

"我把他请出去了,告诉他用不着风水大师。在店中间站着,嗓门扯得那么大,别的客人都被他吓跑了,都是带小孩的。"

大错特错,我一边扒拉米饭,一边想。倒是我姥姥接上话:"是该找人算一算流年。"

我喜欢"流年"这个词,缥缈的,波光粼粼的,永动不休的,意识到流年似水的那一刻,它才真的开始汩汩流淌。在十四岁生日之前我还是懵懂的,直到这一天,这一天值得记入个人史册,从这一天开始我的时间流动起来了,我摔倒在台上,下一秒就爬起来,像换了个人,电影里转换时间的手段,摔下去的是个小孩,站起来的是另一个人,几乎是个成年人,年纪也还不到,但是总归不同了。

那一刻我意识到,我是背负期望的,不然徐老师不会戴好假发,在台下坐几个小时就为了看我,对她来说这几乎是酷刑。曾经,芭蕾舞对我来说也是酷刑,要有一种分毫不差的时钟一般的美,我不懂得,我也不欣赏,更不爱,我觉得这就是一群人想出来折磨另一群人的歪主意,老人折磨年轻人,大人折磨小孩,徐老师折磨我们,最后,观众也用目光折磨演员。我已经是跟她最久的学生，小时候一起去徐老师家过暑假的女孩们都不学了，换了一拨又一拨。坚持最久的，最笨的那一个，上台演出了，想给重病的老师一个安慰，结果却是丢丑，白费一场力气，所有人都记得那个摔跤的女孩。你根本不是这块料，连最业余的舞台也配不上，一个动人的故事被那一秒毁掉了，可是徐老师却对我妈妈说，米豆今天太棒了。

如果她能像从前一样严肃地指出我的不足，我会感觉好得多。徐老师一向冷静自持，她做完手术，我和我妈妈去看她，她没有露出任何脆弱的神情，拿床边的香蕉让我吃。来之前我妈妈叫我不要谈病，去看病人，聊什么都行，别聊病。聊聊电视剧之类的，我说，你又不让我看电视剧。

我们东拉西扯，没有谈病，谈天气，附近有什么好吃的，外卖可以送到病房门口。徐老师忽然沉默，打断了这些言不由衷，那样看着我，陌生的眼光，陌生的方式，只是几秒钟，但是我感觉非常漫长，好像她透过我望向一个遥远的地方。她切掉了双侧乳房，如果能恢复健康，这点缺陷并不妨碍她以后继续教课。现代医学能到达的最远不过如此，坏的去掉，好的保留，如果有好有坏，一律按坏的处理，假装有选择，然而只有宿命。回家路上，我妈妈感叹道，徐老师原来多漂亮啊。

她现在也很漂亮，比你漂亮。我恶毒地说。

病房里，徐老师回过神来，让我吃第二根香蕉。

如果世界上所有的女人构成一幅地图，在我十四岁之前，我把我妈妈当成这地图的中心，就是所有国家的地图上，祖国的位置，是坐标系的原点，所有女人与她的距离，与她的异同，是我定位她们的方式，包括我自己。徐老师在我妈妈的左上方一点，我姥姥在她的右边，我在下边，小姑姑在我旁边，还有我奶奶，她在上方最偏远的角落，我一两年才见她一次。我妈妈是正中间那根树干，其余人构成了枝杈，这就是我画在纸上的那棵树。方婷说，画一棵树，随意画，不要琢磨，我就能看出你在想什么。

我把我们画成了树，我想，但是方婷不在这棵树上，我没法定位她，她不是树枝，她不可能长在我的树上，不可能和我妈妈有一丁点的相似。而其他的女人，基本都是我妈妈的某种变体，或者某个版本。只要在一起，她们总是自觉或者不自觉地对我施加影响，包括小姑姑在内。

甚至，不在一起的时候，我也能感受到她们，她们说过的话，她们的脸，她们觉得我应该是什么样子，她们修剪我，在冥冥之中。方婷不属于她们，方婷和我一样，我们互相冷眼旁观，我画的时候，她就在一旁看着，其实我也在猜测她，故意把一些树枝画得怪模怪样，她以为她在用一套理论来解读我，其实是我在引导她。当然，以外人的角度来看，不过是两个初中生在过家家。

对于过家家来说，我们超龄了，对于玄学，我们又太年轻了。我一直记得十四岁生日这一天，从这一天开始，时间的流速改变了，加快了，此前一片朦胧，此后一切都有了形象和意义。

方婷说："你是不想长大。"

"那你呢？"

"我希望快点变老，像我奶奶那样整天在楼下晒太阳，有一天突然就死掉了。"

我们在放学路上谈论生死话题，像买一根雪糕那么简单。方婷总是很有钱，经常请同学们吃雪糕，因为这些钱都是帮奶奶买菜的回扣，拿着烫手，赶紧花掉。她自己并不避讳，"反正我奶奶老糊涂了，退休金也花不完，世界真不公平，她什么也不干，每个月就有钱拿，我妈妈在外面打工那么辛苦，工资没多少。"

方婷的妈妈按月支付抚养费，方婷觉得那笔钱应该是属于自己的，只是由奶奶代管。奶奶不给她零花钱，认为女孩手里有钱就会变坏，变得爱美，爱打扮，忘记学习，所以不能给钱。

"你可以跟奶奶商量，现在大家都有一点零花钱。"

"如果说了，她又不给，以后就更糟糕了。"方婷说，"她知道我想要钱，就会更加防着我。说不定连菜也不让我买了。"

"我以我自己的方式，把属于我的钱拿回来。这样正好，奶奶也不会不高兴。"

"公平不是别人给的。公平是自己争取的。"她总是能从一些小事中，发现重大的意义，比如，公平是自己争取的。隐隐约约地，我觉得她这种行为会滑向不太好的方向，甚至有点危险。

方婷那样的家庭很可怜，这是我妈妈说的，爸爸又结婚了，住在外地，妈妈管不了她，抚养费都不能按时给。这是我妈妈去开家长会的时候，遇见方婷的奶奶，听老太太念叨的。老太太跟她坐同桌，看不清老师在放的PPT，一直在问我妈妈上面写了些什么，刚才老师又说了些什么，最后我妈妈不得不告诉她，没关系啦，全是废话。

"有点像我姥姥。"

"不一样。你姥姥清楚的时候，还是比她强。"

衰老是各种各样的，我不知道人能不能自主选择衰老的方向，进化成巫婆还是退化成顽童，或者在两者之间切换，或者发明出新的样式，被医疗知识分类，形成一种新的疾病。反正，只要肯起名字，万事都有解释。

青春也是。我的十四岁和方婷的十四岁，完全不同。对所有事物，她都有一套完整的看法，都有办法解释，她见怪不怪，好像已经走过了一生，而我是被她的影子笼罩的小孩。她说："宿慧，你听过这个词没有？意思是人前世的智慧，带到今生来了。"

"人没有前世。"

"但是有前世的智慧。"她自顾自地往下说，"前世的前世，之前的之前，一代代攒下来的智慧，都积累在你的血液里，每个人都一样，区别就是有人觉悟了，有的人一辈子也觉悟不了。"她看了我一眼，像期待，又像怜悯。

与她的万事知相反，我对一切都充满疑问。很多事情跟我的认识和想象完全不一样，比如好人有好报，错，徐老师为什么会得癌症？努力必有回报，错，我爸爸还不够努力吗？今日事今日毕，我妈妈总是挂在嘴边，她认为我总是做事拖拉，也是错的，因为我发现今天的一切事都跟昨天有关，也会延伸到明天，不可以割裂。没有什么事情会真正地、彻底地结束。在时间之内，一切都是连续的，相互关联的。比如我和我家里的这些人，表面上看，我们依靠血缘连接起来，但附着在我们血管里的其实是时间，我们在一个家族延续的不同时间里偶然出现，降落到彼此身边，血缘是时间的一种表现形式，一遍遍地翻译那些重复的话语，母女啊，父女啊，祖孙啊，姑侄啊，我和我的家人们一起重演那些早已写好的、演过千百遍的故事，家人之间有哪些事情是新的？没有。只有在血缘无法控制的关系里，时间才失去效力，比如爱情、友情，随机地、突然地、无计划地、自由地发生着。

自由，这两个字像舌尖的一点糖，在我十四岁的字典里，自由的配方是方婷，既是原材料，也是成果，她平静地接受一切而从不烦恼。她要是知道我妈妈说她的家庭很"可怜",因此她也很"可怜",我能想象她的表情是什么样子。如果有可能,我愿意拿一切去交换她的生活,我把这些话发在朋友圈里,设置为仅自己可见。

十四岁以来,我的生活没有任何变化,除了不再练习芭蕾舞。徐老师在我上台演出之后不到四个月就去世了。乳腺癌治愈率很高,这么高的概率依然没有落到她身上,我第一次认识到了死亡,从前只是听说。死亡是只能接受,无法解释的,死亡是真理,不是定理。表面上看,死亡就是再也不见,但是它的影响要漫长得多。徐老师病重的时候,方婷用塔罗牌给徐老师算命,我告诉她徐老师的生日。在暑假里,夏令营的最后一天,她买了一个大蛋糕请我们吃——还是我妈妈帮我查到的准确日期。

以这个生日来看,下个月是很幸运的,不幸徐老师就是下一个月过世的。我去质问方婷,她仍然坚持,这个月对徐老师就是幸运的,又说,死亡也可能是幸运的,与我妈妈的话不谋而合,这么受罪,不如早点走。我觉得她们都很冷血,但是我别无选择,毕竟她们一个是我妈妈,一个是方婷。

或者你搞错了日子,方婷还在找借口,我生气了,两天不跟她说话。徐老师的爱人为她办了一个小型的追悼会。那天特别冷，风刮在脸上又痛又干，我跟我妈妈都穿黑色羽绒服。我姥姥说，小孩子去那种地方干什么？晦气。那一刻我觉得她讨厌极了，心想着好吧，以后你死了，我也不去送你，看你怎么想。然而，姥姥有一天也会去世，这件事是我根本无力想象的。

葬礼原来是聚会。我见到了很多从前认识的学员，我们都长大了，快记不清彼此的样貌和名字，但是家长们一下子就互相认出来，恭维对方一点没变。黑色的衣服乌压压一片，人多了也没能使空间变得暖和一点，反而更凄清了。徐老师的脸被花丛围着，看不清，就像那天在台上看台下，也是看不清，我大概知道她坐在哪里，准备拍照，天哪，可别对我有什么期待。

可她就是这样的人，她觉得你只要努力就能进步，进步了就会有回报，有回报就会开心，在她的视野里，没有幽灵，没有无常，她这样的人，即便死去也不会成为任何人的梦魇，大家想到她，想到的是那些明亮的夏日，院子里的充气泳池，一两棵结果的小树，还有花草，以及一群小女孩的尖叫和大笑。现在都肃静了，没有放哀乐，放的是《天鹅湖》的一小段，好像我们可以在这里跳起来，手臂缠着手臂，脚尖点地，一、二、三、四，这一次我们可以不停地数下去，数到无穷大，直至火光把一切吞没。

那天，我第一次想问，人死之后，往哪里去？这种问题能去问谁，又是一个问题，仿佛谈论死亡是老人的特权，比如我姥姥，经常说人老了，该死了，如果我接一句，人人都会死，她会怎样反应？她一定会告诉我妈妈，让我妈妈教训我一顿，告诫我讲话要有礼貌，拜托，这可是死啊，死是一个哲学问题，谈论哲学问题还要顾及礼貌吗？

真是个小浑球，我妈妈轻轻地在我头顶上一拍，每当她回答不了我的问题，她就这样蒙混过去。但是方婷与我妈妈正相反，她能从普通而繁复的事物里提炼出超凡而简约的意义。人死之后，往哪里去，她的答案是，人死之后，会回到出生之前的地方，准备下一次出生，宿慧就是这么来的。

"可是人出生的时候，什么都不知道。"

"不是不知道，是没有醒来。有些人一辈子也不会醒，要看机缘。"

"那要怎么才能醒过来呢？"

"等我写一本书，专门说这件事。"

听见这句话，我对方婷的仰慕升至极点。有时候，她的三言两语，比老师站在讲台边滔滔不绝的教诲更让我回味。她总能轻轻地刺破现实，不是否认它，像我妈妈那样否认姥姥正在走向死亡这个事实，而是翻转它，像翻转一个漂亮的荷包，你看，刺绣的背面，线头乱糟糟的。你要学会从刺绣的背面想象出正面的样子，等你能够一眼看破这些凌乱，你的宿慧就觉醒了。

她打各种比喻，我被唬住了。后来我才明白，为什么她不直接告诉我她所知道的事情，而是不停地在比喻之间飘来飘去，因为她并不真正懂得，无法单刀直入地解释清楚，只能用各种比喻作为遮掩，她也并不会去写一本书，关于人如何觉醒宿慧。她和我一样是个普普通通的初中生，有着同样的虚荣心。在世界向我们打开之前，我们是彼此唯一的听众。

她把她想到的那些模糊的念头，对现在和未来的种种奇幻的解释，毫不保留地灌输给我，我总是捧场，我不会笑话她，我对她的字字句句都信服，我想她终此一生再找不到我这样的朋友了——听起来像个诅咒。我们是彼此人生最初的友谊，小学毕业时我大哭了一场，她却没有丝毫动容,她说,又不是不能见面了,你好傻啊。

再见面,也不是小学生了啊。

我对所有的结束和离别都感到十分难受,而方婷已经习惯了这些。她扮成一个沧桑老者,像那部电影里的主人公,生下来是个皱缩的老人,越长越年轻,最后死在一个新鲜婴儿的身体里。方婷说她一点也不喜欢青春,她只想快点长大,快点进入大人的生活,简直等不及了。"当个孩子真是倒霉极了。"她说,"好像活在一个地洞里。"

我去过方婷的家,第一次发现"地洞"的意思。她一再对我说,这不是我家,是我奶奶的家,你看到的一切都不是我的。我看到枯萎的植物,空空的松鼠笼子,干涸的、印着水渍的玻璃鱼缸,我看到摆在各处的黑白照片,贴在墙上的三好学生奖状变了色,翘了角,当然,不是方婷的,是方婷爸爸小时候的荣耀,这么一个荣耀的小孩长大以后变成一个多么可恨的人。方婷没说过她爸爸一句好话。她不是那种忍气吞声的,什么都接受,什么都想得通的女生,"我爸就是个浑蛋"。

我还看到开裂的、掉皮的老家具。"你家可以拍那种年代戏了,不用加滤镜。"我悄声说。方婷回答:"再说一遍，这不是我家。"但是她始终拥有一个小小的角落，在一个小小的房间里，因为房间小，显得衣柜特别高大，随时要压倒下来似的。床摆在窗边，窗台上和写字桌上摆满了杂志、报纸和书，我随手翻开一本，看见图书馆的红戳，还书日期早就过了。

方婷从我手里拿过那本旧书，塞给我另一本。不是书，是一个厚厚的笔记本，我打开来看，第一页上用圆珠笔画着许多凌乱的线条，第二页、第三页也是，我问这是什么，她说："你猜。"

我猜了许多，龙，蛇，松鼠的尾巴，鲸鱼的侧面，杂乱的水流漩涡，都不是，或者都是，在方婷这里是与不是并没有鲜明界限，错到最后总是对的。她说："等我死的时候，我也会原谅我爸爸。"

"只有死的那一刻，最后一刻。"她强调说，"才会原谅他。"

"什么都看不出来。"我说，心想即便我猜对了她也不会承认，她永远要棋胜别人一着。

"是时间，所有的时间。"

"那，那我们在哪儿？"我在吃惊的时候，总是忍不住提傻问题。

她紧挨着我坐下来，她的床很硬，是她爸爸小时候的床。这房子里所有家具的年头都超过我和方婷的年龄总和，或者再乘以2也不够。在这个逼仄的房间里，她在纸上胡乱涂抹，告诉我这就是时间的样子，我一点也不吃惊。她就是会这样思考、会这样画画的人，她是飘浮在这一切沉重的、陈旧的东西之上的人，否认一切、颠倒一切的人。她是用圆珠笔画出时间的人。

"我们在哪儿，在哪儿都行。时间没有方向，我们可以永远不毕业。"

那个周末的下午，是我从我妈妈那里偷出来的一段时光，英语辅导班的老师生病了，我临时起意去找方婷。这一小块记忆像一块糖藏在凌乱的书包里，厌倦的时候就可以把它翻出来，记忆是吃不完、含不化的糖果，仿佛魔法。这魔法人人都曾拥有过，但是人人都渐渐忘记了，忘记了杂乱的书包里曾经有，现在还有一块糖。

日后我想起方婷时，总会想起她的房间，好像她是从那零乱的杂物中间偷偷长出来的一根嫩绿枝条，细细的，满不在乎地迎风摇曳。暑假里，我告诉方婷我在我奶奶家，这边有海，我的小姑姑也在，我跟你说过的，比我大十几岁的小姑姑，我们每天都到海边去，你看，多美。还发了一大串照片。方婷没有回复。

三

海有各种颜色，但是一画画就想把海涂成明亮的蓝色，放肆的，毫不吝惜的蓝色，仿佛找到了一个宣泄的借口。小姑姑就是这样使用蓝色的，她用丙烯画画，总是穿着一件罩衣，上面五彩斑斓，像个动物园。

我跟小姑姑讲了方婷，她的家庭，她用圆珠笔描绘时间。小姑姑皱了皱眉头，她尽量不跟我扮演家长，但是有时候，十分偶尔的时候，她也会说一些很老气、很像大人的话，比如，你不要把指甲涂这么红。

"这不是红。"我说，"这个叫莓果紫。你仔细看。"我把五指张开，伸向太阳，像点起一排招摇的小电灯，再顶她一句："画画的人应该对颜色很敏感啊。"

"对颜色敏感，又不是对爱起名字的商业花招敏感。"小姑姑说。日复一日，她在画海，海和天，海和天和云，每天都一样，又好像有点不一样。阳光明媚得有点令人厌倦，有点期待一场雨。

这颜色调得相当微妙，确实是泛着微紫的光，像黑暗童话中灌木丛里的果子，幽幽围绕着女巫的房子。

"为什么不画一棵树？"

"什么树？哪儿有树？"

小姑姑敷衍我的样子，跟奶奶真的很像。在家里，奶奶总在织东西，毛衣、围脖，夏天也织不停，她还钩椅垫、杯垫、杯套，给锅盖的把手也套上防烫的毛衣，我只能这么描述，谁能给这东西起个学名，或者说，商业的名字？我在网上搜索，找不到类似的东西，是我奶奶的个人发明，给锅盖把手穿的毛衣，保护你的娇嫩手指，来自另一双娇嫩手指。我奶奶的手指。

拜托，真正的娇嫩手指根本用不着去碰锅盖好吗？我心里的另一个声音说道，听起来很像方婷。

有时候我觉得时间很不公平。我奶奶和我姥姥差不了几岁，却过着完全不同的生活。我奶奶几乎不会闲下来，手里总有事情做。她后来嫁的那个人，我爸爸对那个人没什么称呼，不得不提起的时候，就说"那个男的"，他的第二位继父，前年去世了。我奶奶独自一人生活，我觉得她的生活非常好，完全不需要我和小姑姑。她对我们非常有礼貌，像是我妈妈会推崇的那种"礼貌"或者"得体"、"有修养"，我妈妈在我身上绝望搜寻的品质。然而她并不喜欢我奶奶，她喜欢的是我的小姑姑。

多跟你小姑姑学学，她说，人家什么都好，上学的时候，完全不用家长操心学习。

在沙滩上，无遮无挡，一览无余，日头猛烈，游人稀少至只有我们两个，泡海澡的本地人到下午五六点钟才会多起来。现在是一天中最安静的时刻。小姑姑沉浸在蓝色油彩的世界里。我希望她画一棵树，让我看看她的内心。

"简直胡说八道。"小姑姑说，轻易地否定了方婷，"你们小孩子就喜欢这些神神道道。"

我不是小孩，我是小孩，我不是，我是。像拍岸的浪，一朵压过一朵，一阵大，一阵小，震荡不休。

"我不是小孩。"这是我面对小姑姑的姿态。要是她不笑就好了。要是，所有人都不笑就好了，我一秒钟就站起来了啊。孩子给世界微笑，世界给孩子嘲笑。小姑姑也是世界的一分子，小姑姑也在笑我，笑我们。

"你画一棵树。"我执着地要求。

"明天。"

"是真的明天,还是明天复明天的那个明天?"

"真的明天。哎呀,你这个小孩。"

小孩是我的屏障,我的借口,是别人宽容我的理由,唯独不是我。我的内心比他们要丰富得多,或许一个婴儿出生时,是什么都知道的,长大则是一点点地忘记,时间就是不断忘记,大人不是成长而来的,大人是冲刷而来的。我可不是小孩,我知道你们是怎么回事。

小姑姑爱过一个人,在一起好几年,后来分手了。小姑姑一直在画大海,可是我想看她画一棵树,我想知道她和那个男人之间,到底发生了什么,问她她一个字也不说。只有海的声音,一直大声地回答,却不知道提问者是谁。

明天的傍晚,她在沙滩上画一棵树,用一根捡来的松树枝,我蹲在一旁。她很用力,痕迹深深的,湿沙子是晦暗的棕色,太阳快落山,树影子变长,爬过来了。她画了一棵像印刷广告上那样标准的树,荒原上的一棵圆圆的树。

小姑姑还爱着他。

"瞎说。"但是她眼里似乎浮着泪,也可能是夕阳之下大海的反光。她收拾起画具，我们一起走路回去。我跟小姑姑讲了方婷的理论，如何从一棵树看出人的心理，方婷说她将来要去当收费的占卜师，赚很多很多钱。

"我把你刚才画的树拍了下来，发给她，看她怎么说。"

方婷说，看不清楚，让我重新拍一下。我再次跑到沙滩，发现怎么也找不到那棵树了，只有海浪一遍遍拍打。小姑姑说："别算啦，我告诉你，他已经结婚了。"

应该让他也画下自己的树，我想。每个人心里都有一棵，形状各异，暗示着秘密，有冬天的树，有夏天的树，也有四季不变的松柏树，到底是什么模样，连他们自己也不知道。只有画出来才知道。只有海知道。小姑姑拖着一只带滑轮的帆布包，里面装着画具，咕噜咕噜地滚在沥青路上。路的两旁种着松树，冬天这里会下雪，雪后非常美丽。我奶奶拍了松树被雪的照片发给我。她不发给我爸爸，是发给我。

"寒假也过来玩啊。"我奶奶说，又补充一句，"要是你没事的话。"

小姑姑的年假还剩下两天，明天她就要回上海了。

她在那里工作，周末去一家画室学画画，时间不长，但是在我看来，她已经画得挺好了。看那些奇妙的蓝色，沙滩是一种略带混浊的棕，她喜欢黄昏时沙子的暗金色。树干向上生长，树冠缓缓打开，画一棵树，像打开一把伞。伞下的大人，树下的小孩，原来是一回事，还有毛衣下面的锅盖。我用脚尖踢走一块石子。

"好好走路。"小姑姑头也不回地说。

也许是因为被我戳中心事，小姑姑今天特别喜欢扮家长，吃晚饭的时候，她叫我不要抖腿。我说没有，她偏说抖了，你看桌子在动，我坚持说没有，直至奶奶叫我们不许再吵了。她煮了一锅冬瓜粉丝汤，放在桌子中央，那汤煲有两个突出的小耳朵，不出意外地，也戴上了毛线织的彩色耳套。奶奶很得意地介绍说，这是你爸小时候的一件旧毛衣改的。她第三次结婚的这个家里，还存着我爸爸小时候的旧衣服，我倒觉得很意外。

"《装在套子里的人》。"我说，"课本里有的，契诃夫的小说。奶奶这个叫，装在套子里的万物。"

"我想给你的嘴也戴上嘴套。"小姑姑说。

"我又不是马。"

"马不会乱说话。"

奶奶打断了这个不太友好的对话，给我们看她今天在网上学习的新织法，视频配着浮躁的音乐，小姑姑说，能不能静音，难听死了。奶奶想把她的手机静音，却摸来摸去摸不到开关，最后还是我帮她找到了。一下子安静下来。

"给你们俩一人织个毛围脖。保证不跟别人一样。"奶奶对我说。

"几万人看过那个教学视频，怎么可能不跟别人一样。"

"一个人织的就是一个样。"

奶奶是个非常和气的人，我不明白爸爸为什么同她很疏远，可能跟她后来的婚姻有关。她独居在家，整日织个不停，我想她这样织下去，大概可以把全世界都包裹起来，盖得严严实实，密不透风。她织啊织啊织啊，拆旧的，织新的，奶奶说她以前很喜欢织东西，后来有了小姑姑，工作又忙，就没有再织过。

"而且，你爸爸根本不穿了，嫌家里织的毛衣土气。"奶奶说。小汤煲戴着鲜艳的耳套，安静地散发一缕缕热气，像一只熟睡的小动物。去年，我第一次来奶奶家过暑假，客厅显眼的五斗柜上摆着一些照片，有我爸爸和她的合照，更多的是她和她后来结婚的那个男的，我也只能说"那个男的"，对不起，希望他别怪罪。他们亲昵地靠在一起，头贴着头，在许多地方合影，看起来他们过了一段相当美满的退休生活，男的死了，我奶奶开始无尽地织东西，接我来过暑假。第一次邀请我，告诉我这边有海水浴场，可以天天去海里游泳。我妈不准我下海。"你爷爷就是水里淹死的。"我妈妈说。

"我听说他是为了救人。"

"总之不许去。"

我爸爸说你应该好好学游泳，免得将来遇到类似的事。

"放心吧，我不会去救人的。"

"至少你不会拖累别人。"我爸爸说。于是，去年暑假，来奶奶家之前，我上了十二节游泳课，学会了蛙泳，我妈妈仍然禁止我下海，要么答应她，要么不准去。我答应她，她才肯送我上火车。我跟我妈妈之间，这点信任一直都有。

在那些旧照片里，有一张是我奶奶和我爸爸。我爸爸八九岁的样子，穿着那件汤煲耳套毛衣，黄蓝条纹交织，像一只显眼的大马蜂。我爸爸脸上笼罩着我的影子，我看得出来。所有人都说我像他，只有在我看来，是他像我，是他在刻意地模仿我，在我的世界里，时间由我而始。

一个很像我的小男孩，依偎在一个很像我奶奶的年轻女人身旁，背靠一片陈旧的风景，陈旧的绿树和假山石。但是我的目光却是新的，我从里面看出了全新的意义，我爸爸不愿意承认的意义——他和我奶奶之间，有过亲密的时候。

这里没有摆放小姑姑的照片，我猜，因为第三段婚姻始于发生在第二段婚姻中的背叛。这是小姑姑告诉我的往事，还说她爸爸的早亡，跟这件事情有关系，离婚后他喝太多白酒了。那时候我刚上小学，小姑姑的第一份工作在北京，周末，她常来我家玩，这样我爸爸和我妈妈可以一起出去逛逛，短暂地卸下父母的职责。我们一起吃垃圾食品，把薯片和饼干渣撒得满地都是，在他们回来之前，赶快打扫干净。有那么两三次，小姑姑的男朋友跟她一起过来，带我去公园玩。我可以滑滑梯，玩沙子，他们两个就坐在一边，像一对懒散的小父母，偶尔飞速地亲吻。为了不打扰他们，我学会了一个人荡秋千，动用躯干的力量，叫核心力量，更专业的说法，方婷告诉我的。我把自己一次次推向天空。

在沙滩上，小姑姑画一棵平平无奇的，和谐却无意义的树，是为了掩饰而不是表达，她骗了我，也骗了自己，但是，注意在此，声音要变调，变得严肃低沉……但是，她骗不过大海。潮来时它说，你在骗人，你在骗人；潮去时它答，那又如何，那又如何。永久回荡的一些声音。

最后一晚，小姑姑和奶奶终于坐在一起。奶奶教她如何把线绕在竹针上，帮她起了个头，很快她就织出一块长方形，像一面小旗。等她更熟练，就可以从容地给各种东西织起毛衣外套，好像这些日常用品都是珍贵又脆弱的，需要好好保护。我问奶奶，织这些有什么用，奶奶说，我一个退了休的无用的人，干无用的事情，不是正好？

小姑姑织起来了，明天她就要走了。从我们来这儿的第一天，奶奶就兴冲冲地要教我们编织，她买了许多书，关注了许多网红博主，对她们如数家珍，风格流派，一清二楚，简直把她们当作赛博女儿，或者赛博孙女。

"别瞎说，我有女儿，有孙女。"奶奶说，"我管人家都叫老师呢。"

奶奶起身去烧开水,小姑姑对我说:"你奶奶不喜欢别人说她老呢。"

"我也不喜欢别人说我小,你们还不是照样说。"

小姑姑不理会我,继续织她的毛线,她用的是新毛线,毛球绒绒的,带着一股干燥的香气。她打算把这些毛线都带走,业余爱好从此又多了一项,奶奶烧了水,兑出一杯温水,吞下她的降压药。她坐在一张单人沙发上,看着我们,眼睛里仿佛也有一池温热的水,明天我们就要离开了,奶奶问我春节来不来,"我们这里下了雪可美了"。

下了雪很美,我知道,但是直到奶奶去世,我都没有亲眼见过这个海滨城市的雪。奶奶死的时候是冬天,那一年特别冷,我第一次看见蒙着冰的海面,像龟背,是死掉的乌龟,浮着一动不动。参加葬礼,我围了小姑姑送我的围巾,用的是奶奶教她的针法。坐在车里,我向外张望,看见两排挂着白雪的松树,像没来得及打扮起来的圣诞树。

一天晚上,奶奶织完一件新的空调机罩,没来得及往上套,因为上面那件也是新的,崭新复崭新,衰老复衰老。第二天早上她就去医院看几个月以来的咳嗽问题，然后拍了片子，然后就是跟徐老师一样的那一套治疗办法，再然后是死。

海在冰盖下面涌动，像一只似睡非睡的动物，小姑姑问我想考什么大学，什么专业，我说我不知道，别问了。换成我妈妈，她会像打开了什么机关似的说起来不停，她对职业的看法，对我的判断，她自称十分了解我，我妈妈把我当作一个透明的小孩，因为她看过我从小到大的身体，因为她给我喂过奶，换过尿布，洗过澡，给我做饭以及陪我去上学，她就以为自己有权利对我下断语，指导我该做什么，以及绝对不能做什么。

"绝对不要学医。"她说，"你会把手术刀落在病人肚子里。也不要学法律，你一定会忘记开庭时间。"还说过什么，我忘了，总之这世上我不能做的事情，比我能做的事情多得多，好像她把我养大，唯一的期待就是减少我对社会的危害。

"本来就是这样啊。"我妈妈说，"人只有一辈子可过嘛。"

不是这样的，我想，这是一个关于时间的巨大误会，等我再长大一点，更成熟一点，我就能用方婷的理论说服她了。现在还不行。小姑姑和我站在一起，在我们曾经画过一棵树的沙滩上。奶奶说过松树落了雪，特别好看，她没说过大海居然会冻住，就像时间凝固了。

一个人死了，在活着的人心里，就有一角活水冻成了冰，从此万年不化，徐老师，奶奶，将来还有谁。爸爸，妈妈，姥姥，小姑姑，方婷？无法想象，当然还有我自己。小姑姑跟我讲，她小时候，曾经多么恨我奶奶，因为她出轨毁掉了家庭，丢下了自己的孩子，她爸爸酒醉后的那些话，她记得太清楚了。

"后来为什么不恨了呢？"

"我也不知道。"小姑姑说，"时间一长，很多事情都不一样了。可能是因为我爸爸死了？从前我爸爸不让我老跟她联系。"

"我以为爷爷是个好脾气的人。"

"不喝酒的话，就算是。离婚之前，他其实不怎么喝酒的。"

海沉默地涌动着。四周静极了，墓地在离海边不远的半山上，风景很美。奶奶结过三次婚，每一次婚姻都把不相干的人相互连接起来，制造新生命，新的爱，新的怨恨，新的遗憾，或者新的原谅，从此我们每年来祭拜她，都不能绕过那个与她合葬的男人，我爸嘴里的

"那个男的",小姑姑也不喜欢他。这个人没有自己的孩子,听说对我奶奶非常好。往后,香烛供果,少不了有他一份。

奶奶死后,家里人收拾遗物,发现了床底下一大箱子的毛织物,人用的,家用的,能想象到的所有物件,都能穿上自己的毛衣。我奶奶想把所有东西都包裹起来,台灯,桌脚,椅脚,床头,冰箱把手,衣柜把手,遥控器,垃圾桶……她发挥创意,废物利用,把珍珠项链拆散了做成扣子,让不锈钢保温杯拥有了一种旗袍妇人般的华贵感。这些织物如同我奶奶生命的碎片,毛线的温度也是她的温度,多可爱的老太太啊。为什么我爸总是不愿意见她,却又哭得那么厉害?

我爸爸妈妈把我送上去奶奶家的火车的时候,总是叮嘱我不要下水,离海远一点。我爸爸总爱跟我讲他爸爸的故事,他爸爸是见义勇为的英雄,救了一个落水的小女孩。我想如果是我的话,我应该没有那样的勇气。我爸爸说起这件事的时候,不自觉地流露出一种自豪感,虽然他自己不是那种人,也不希望我成为那种人,但他依然很骄傲——你爷爷是一个英雄。

一个英雄死掉了,变成一幅画,一座雕像,一阵声音或者一篇寂静的文字。我爸爸还保存着一张旧报纸的剪报，是我爷爷见义勇为的报道，从他爷爷家里翻出来的旧物，和一些旧照片放在一起，照片上的人我一个也认不出来，我爷爷和他的弟弟妹妹，青少年时期的留影，三个人站在一起，由高到低一条斜线，头上的空白处写着某年某月某日留影。

"这个是你姑奶奶。"我爸爸指着那个站在中间的女孩说。

我一下子想起来了，红头发的姑奶奶。她来我家吃过几次饭，来去匆匆的，总是在旅途之中，六十多岁的人，身体像年轻人一样轻盈敏捷。我奶奶的葬礼她也来了。听说近两年她跟奶奶还时有联络，奶奶把她拉进了一个编织爱好者微信群，简直像个神秘组织，织啊织啊，连接许多人，还把桀骜不驯的姑奶奶也驯服了。

"你奶奶年轻的时候，可是大美人。"红发的姑奶奶对我说。彼时我们都一身黑衣，围绕着躺在推车上的我奶奶，人皱缩得像核桃。小姑姑长得像我奶奶，所以她也情路多艰，十四岁的我，就是这么理解爱情问题的，长得漂亮的人，麻烦也多，幸亏我没这些麻烦，得以远远地，冷静地观察别人的爱情故事。

"他一定很帅吧。"我问小姑姑。在奶奶家,我跟小姑姑睡一张床。

"你电视剧看多了。"

"我妈不让我看电视剧。"

"那么是小说看多了。"

"我平常根本没时间看小说,作业都写不完。"

"那你这些乱七八糟的念头哪儿来的?"

"我十四岁啦。"

小姑姑叹了一口气。"你都十四了。"她说,"时间多快啊。"又说:"他一点也不帅。"

"再说说啊。"

我不相信一段伤心事会讲不出口。我都想好了怎么安慰小姑姑,我会跟她讲时间的故事,方婷演示给我的画面,我会画给小姑姑看,让我们扭开床头的台灯,找出一张白纸和一支笔,解开心头的痛苦疑难。一切的秘密,一切的解药,在于时间。我们可以永远坐在这里,永远停留在一盏灯、一张纸和一支圆珠笔的宇宙里。这宇宙什么都可能发生,他也会回来的。

"睡吧。明天要早起呢。"

第二天早起,奶奶给我们预备了非常丰盛的早饭,有买来的包子和糖饼,也有刚煮的粥,热牛奶,鸡蛋,她自己腌的咸菜,还有切好的水果,要我们路上带着。小姑姑送我到北京,然后再转车回上海。吃早饭的时候,奶奶问我们冬天还来不来,海边下雪之后,特别美。

小姑姑说:"怎么知道一定会下雪?"

"每年都下啊。下了雪我给你们发照片。"

这一年的寒假,我和小姑姑又来住了一周,却没有赶上下雪。这一年北京也没下雪,全球变暖,或者是别的什么气候异常,大冰期,小冰期,生物悄无声息灭绝的时代,一个种属的最后一只死在某个微蓝的黎明。而我在这个黎明,要早早地起来,背单词,写作业,做我爸爸妈妈老师学校以及所有人认为我该做的事,而真实的生活在这些事的间隙中才能浮现一点点,比如课间跟方婷聊天的时候。

"我妈昨天来了。"方婷说,昨天是周日,"她带我去吃肯德基,还给我买儿童餐呢。儿童餐便宜。"

"她只是把你当小孩子。"

"我告诉她我没吃饱,她就睁大了眼睛,说,你太能吃了,会发胖的。"

隐隐约约地,我理解了一点方婷的生活,以及她对生活的看法是如何形成的。周末，她跟她妈妈在外面消磨一天，逛公园，吃饭，偶尔也看电影。她们会约在某个地铁站或者公园门口见面，见了面还是微笑着，像两个老朋友，一路走，一路也没什么话说。

所以，她跟她妈妈的生活，是一种只发生在公共场所的生活，几乎不会单独相处，周围永远有人，所以，永远微笑，永远客气，永远是两个人世间的普通游客。注意不要大声讲话。久而久之，方婷习惯了一种游客式的目光，步移景转，匆匆一瞥。如果妈妈是游伴，那么一切人都可以是游伴。只是游伴。

假如时间不是流动的，流动的只是外面的世界，会怎么样？方婷对我说："我一直觉得我不会老，你呢？"

"我想我也不会老。"

照镜子，怎么也想象不出变老的可能。我和方婷挤在一面小镜子前，她新买的一只粉盒，小圆镜盛不下我们两张脸。这是上午的大课间，二十分钟休息，朵朵和付成一前一后地从我们身边经过，我和方婷在镜子里相视一笑。他们一定是去教学楼与学校围墙之间的小夹道上，既没有人，也没有摄像头的地方。他们常常迟到，因为只要两个人在一起，时间就会凝固一小会儿。要是在电影院里看到这种情节，碰巧又是跟爸爸妈妈一起看，我就能体会到时间暂停的感觉，呼吸暂停，血流暂停，万事万物都怔住了，好像我爸爸和我妈妈的私密被撞破了，其实不过是亲吻。

还有一句实话我没有讲。除了我之外，所有人都会变老，在这件事情上，我是绝对的、孤独的、唯一的王者。告诉方婷一定会激怒她，她会说，那等着瞧吧，然后啪的一声把镜子合上，转过身去，不理我了。

反正我只是另一个游伴而已，随时可以松开手，随时可以告别，虚伪地说"下次再见"。她跟她妈妈在地铁口挥手道别，说"下次再会"，心里想的是下次是哪次，妈妈要加班，妈妈要出差，身体不舒服，或者别的什么原因，所以见面并不规律。"探望我是她拥有的法定权利，可是她把享受权利弄得像履行义务那样。"方婷熟练使用政治课本上的词汇，公民的权利与义务。我们都是死记硬背，她不一样，她会使用，这也是宿慧的一种？她的上辈子，上上辈子，那时代有这些概念吗？

"当然有。"她说，"你忘了，时间并不是流动的。"一次又一次，她把我拉回那个下午，证明她的时间理论——人总会回到同一个时刻，无数次。

四

每年,到了柜台续租的月份,我爸爸的玩具店就会走到一个生死存亡的时刻,并不是说他拖欠货款或者发不出仅剩一位的店员工资,而是我妈妈,她认为我爸爸不是做生意的材料,如同她认为我也不是读书的材料。她很相信"材料"或者"天赋"、"命运"一类的东西,可能是受了我姥姥的影响,我姥姥相信一切有命,有因果,一个人要是意识到命运不可阻挡,才能算个明白人。

信命的人会显得很老,我觉得我妈妈是未老先衰,要是她能跟我一样不会变老就好了,在时间面前,我跟她是不平等的,可怜的妈妈。周期性地,她跟我爸爸一开口就要争论起来,关于玩具店,钱,贷款,利息,景气,不景气,划算,不划算,经济周期,等等,他们并不避讳我,大概觉得我听不懂,或者我长大了,应该知道一点家里的事,或者根本就是顾不上我。我小时候,他们一争论,我妈妈就会警觉地说,别当着孩子吵架。

现在我长大了,他们不在乎了。

这个话题总是不欢而散。我爸爸保持着乐观,认为一年总比一年好,要不是这样,明年一定会加倍补回来,我妈妈要他面对现实,问题是他们俩眼中的现实根本不一样。我妈妈希望他关掉玩具店,趁着还没把老本都蚀光,然后去干点别的。

"到处都裁人,我四十多岁能找到什么工作?"

政治书上讲经济周期,我知道,牛奶倒进河里,配了一张图片,河里流着牛奶,原来不是天堂的图景,而是衰退的象征。可是这些词语从我父母嘴里冒出来,就不像印在课本上那么严肃而权威,像在开玩笑。经济周期和我爸爸的玩具店,听起来毫不相关。

方婷告诉我,没错,我们也在经历经济周期。

"我们是谁?"

"就是你,我,所有人,还有大街上那些小店,商场,餐馆,电影院,都算。在经济周期里面,所有人都是一伙儿的,就像一间大房子,每个人都在里头,都想出去,但是出口太挤了,反而谁也出不去。"

这一次,方婷的比喻失灵了。经济周期没那么简单,绝对不是她和我这样的初中生能够随意形容、随意评论的。我们应该相信课本和大人，在经济周期的定义下面画黑线，熟记于心，预备考试，而当大人们议论这些问题的时候，小孩应该安静闭嘴。

而方婷是永远也不会闭嘴的，无论懂与不懂，她总是有话可说。当她掌握了看待时间的方法，世界于她就变成了扁平一片，一览无余，毫无意外。

"周期的意思是，它会来，也会走。"

"所以呢？"

"所以，就不用担心啊。"方婷看我的样子，仿佛我是个婴儿，而我在她面前，也不自觉地扮演婴儿，我们俩都很享受这种关系，我提问题，她回答问题，或者干脆消除问题。课间休息的时候，她总是拿出那只粉盒，牌子我认得，就在我爸爸开玩具店的商场一楼，靠近电梯的位置，就是这家的专柜，摆着许多颜色的口红和指甲油。

"这家要撤柜了，在大降价。放学去看看？"

"不去，碰见我爸爸，他一定会说我的，还会告诉我妈。"

然而我还是跟她去了，买了一支口红和一瓶深红色的指甲油，涂在指甲上，对着阳光看，泛着微微的紫色，第二瓶了，上一瓶丢在奶奶家。方婷什么也没买，她说周末要带妈妈过来，让妈妈给自己买，"让我花花她的钱，省得她老是嘴上说对不起我，又没什么实际行动"。

方婷看好的口红颜色，到星期六那天已经卖光了，星期日这家店便正式关闭，柜员都不来了。这一层的店铺关了不止这一家，那些黯淡的招牌和空空的展示架，玻璃柜，一两把椅子，像是繁华中的几块伤疤，不止，好几块伤疤。我担心爸爸也会步他们的后尘，本来他就不是做生意的材料。

口红没有买成，但是星期一见到方婷，她却十分高兴，说她妈妈带她去了自己的家，跟别人合租的房子，有一间独立的卧室，厨房和卫生间跟别人共用。第一次，她和她妈妈在一个能关上门的房间里单独相处，她觉得时间过得快极了。

"我妈住的房子楼层特别高。比你家还高。"她比画着说，"能望见很远的地方，能看见飞机起降。将来我也要住这样的房子。"

"那你干吗不搬过去跟你妈住啊？"

我说错话了。方婷有一百种方法让我知道，我说错话了，得罪她了，对不起她，我明知故问，我有意奚落她，必须承认人有时候会有一点卑劣的趣味，故意地，把舌头往别人的伤口上一舔，享受那血腥的余味。

那一天，是寒假放假前的最后一天，学校要求学生返校，交代假期事宜，不要靠近水边，火边，悬崖边，不要滑野冰，注意交通安全，做好学习规划，整节课都在讲这些，然后让大家把杂物都带回家，开学升初三，我们要换新的教室。因为这句话，整整一个寒假，方婷都不理会我，给她发信息，她一个字也不回。她的生日在寒假里，我的祝福孤零零地飘在对话框里，无人理会。

可是我真心地想要分享冬日海景给她，再跟她讲讲我小姑姑的爱情波折，几个月不见，她又有了新的恋情，在周末画室认识的一个人。别人的爱情故事是我和方婷最喜欢聊的话题。连这她都不感兴趣了，我想她是对我彻底地丧失了耐心。回来那天，跟上次一样，小姑姑陪我坐火车到北京，一路上我们猛吃奶奶给我们装的各种零食，尤其是那些水果，拎着实在太重了。

快到北京的时候，我们都撑得不想说话。车停下来，我和小姑姑下了车，我们一起出站，她要到另外一个火车站去转到上海的动车，我爸爸在外面停车场等着接我。我们拖着行李箱走向出站口，无意间我往另外一边的一列火车望了一眼，也是绿皮车，挂着雪白蕾丝窗帘。猛然间我看见了一张熟悉的脸，是方婷，她坐在窗边，直挺挺地，显得拘束，朝窗外望着，她脸上有一种小孩出远门的神情，有些好奇，有些紧张，也有兴奋，头上的毛线帽子还没摘掉，对面那个烫鬈发的女人或许就是她妈妈，手里正削一只苹果，果皮弯弯长长垂落下来。

和我一样，方婷是个孩子啊。

这个画面轻轻印在我心里。在那一刻，关于方婷的一切旧印象都被打破了，颠倒了，她也是个孩子，她和我一样，我和她一样。我好像从一间暗室里走了出来，天光大亮得睁不开眼睛。她跟着妈妈回老家了，再见面又是新学期开始，她已经变成了一个新人，我也变成了一个新人。她身上笼罩着的迷雾和光环都消失了。重新介绍一下，她是我的好朋友，她叫方婷，以前她跟着奶奶一起住，过得不太开心，现在不一样了，她和妈妈在一起，为了这个决定，她和她妈妈都拿出了一点勇气。她在她妈妈房间的墙壁上贴了自己喜欢的明星照片，说她妈妈也很喜欢他，这个人老少通吃。新家离学校很远，每天坐地铁上学，需要换两次车，她告诉我，高峰时期，人多了挤在地铁里，可以双脚离地，一动不动，如果把人都想象成水，我就是在水中漂浮。她还学会了做饭，每天晚上，她和妈妈谁先到家，谁就去做晚饭，她妈妈给她零花钱。新学期她还是成绩很好，我希望我可以赶上她，甚至更好些，但是我不再盲目地相信甚至崇拜她了，不再把方婷看作一棵笼罩在我头顶的高树，我想这一次才是我们友谊的真正开始。她还是相信自己是有前世智慧的特别的人，但是我想，有没有来自前世的友情？如果有，我愿意相信我和方婷之间就是如此。

五

玩具店没有关，但是我爸爸把最后一个店员也辞掉了，跟他在一起工作了许多年的刘叔叔，人特别和气，每次我去，他都带我玩玩具。小时候带我玩那些会出声、会发光的小玩意儿，等我大了一点，就带我搭积木，拼拼图。他离开的那天，和我们全家一起吃了晚饭，我爸哭了。

我想，如果你的眼泪是真的，你为什么让他走呢？刘叔叔倒没有说什么，不提工作的事，直到我爸眼圈红了，他眼圈也红了，然后他们就拿起酒杯，我妈妈也拿起酒杯，我也学着样子端起饮料杯。杯子碰撞的声音是不是人的心声，像一首诗里写的那样。还是为了掩盖真正的心声？果味气泡水也是辣的。

刘叔叔要回老家，他说他这么多年回家太少了，正好尽尽孝，家里还有地。我爸爸说，他打算再待几个月，不行的话，这店也不开了，到期退租拉倒。我妈妈说，一开始她就不同意创业，我爸爸不是做生意的材料，这些年多亏有你。

又一杯酒。话说不下去了就喝酒，酒原来是省略号。刘叔叔说欢迎你们有空来我老家玩，带着米豆，家里有田地，有黄牛。我傻乎乎地问，黄牛能骑吗？他笑起来。我对黄牛的印象停留在唐诗绘本里的水彩画，一个小孩趴在牛背上，衬着夕阳，可是我已经太大了。

能骑，能骑。刘叔叔说。

可能再过几个月，这么幼稚的问题我都不会问出口，因为我看了一部关于农业的纪录片，我爸爸下载到客厅的电脑里，被我偶然发现的，讲各种农业创业项目。我想爸爸是不是要做别的事情,所以在学习这些东西呢。问我妈妈,她板着脸说,我不知道,问他去吧。

姥姥倒是对我说:"你爸爸要到乡下种苹果去。"

"想一出是一出。"我妈妈插嘴道,"这人前前后后都没逻辑的,不要理他。"

不知道为什么,我觉得苹果树或者苹果山这些画面很美好,近乎梦幻。我也听见我爸爸和我妈妈在厨房的只言片语,被青菜下油锅的声音打断,关于抵押,贷款,房子,三年,五年,断断续续,似乎是严肃而危险的事,又包含着一点希望。

刘叔叔介绍的项目,他们老家有人已经发了财,这一次,如果我爸爸想尝试的话,刘叔叔说他可以帮忙联系,同时要一点股份,大意如此。我妈听了,说你不要被人骗了。

"老刘怎么可能骗我?多少年的交情!"

"有交情你不还是把人家裁掉了?"

我爸爸便不说话,我妈妈也不说了,好像再说下去,她就会变成那种戏剧里经常描绘的,不懂情义甚至阻碍情义的女人。但是我知道我妈妈并不是不相信刘叔叔,她是不相信我爸爸,这些年关于玩具店的事不知道吵了几次，为了苹果的事，我想他们还会争吵下去，谁也说服不了谁。

最后我妈妈说，随便你吧，反正没有钱。现在手里的这些钱要留着给米豆上学用，还有我妈一天比一天老了，谁知道什么时候用钱？

我爸爸说他会自己想办法，但苹果是一定要种的。我想他是不是跟我一样，被纪录片里鲜红满眼的、硕果累累的果树吸引住了，太美了，太幸福了，人对丰收的渴慕是不是嵌在基因里？在这件事情上，我站在爸爸一边，因为我觉得爸爸总是跟别人不太一样，别人的爸爸大都规规矩矩上班，我爸爸有玩具店，我爸爸有苹果山。

这一次争执有些失控，平常他们都会走进房间，关了门说这些事，这一次在客厅就你一句我一句，声音越来越大。我躲进房间，我姥姥还在客厅的电脑上打麻将，姥姥是个麻将虫。她脑筋一时糊涂，一时清醒的，有时候爸爸妈妈说话并不避着她。说是衰退了，打牌倒一直很清醒，赢多输少，一局战毕，姥姥也进到房间里来。

我躺在床上，还没睡着。姥姥坐在床上，慢慢地脱衣服，过了一会儿，床头灯关了。姥姥叫我名字，米豆，米豆。

我应了一声。

姥姥又说，米豆，你爸要去种苹果了。

我嗯了一声。

你爸爸要去种苹果了。你姥爷他们家，从前就是果农，种苹果的。

我起身，探头向下看，姥姥正睁着眼睛，看着我。

我姥爷是谁？

就是你姥爷，你妈的亲爸爸。他父母在老家是种苹果的，大苹果，又大又甜，我去他们家，我们俩去果园里，给果树打农药。

姥姥笑着，可是我觉得，农药一点也不浪漫，农药不应该出现在这个故事里。为什么是农药呢？农药有毒，爱情和苹果都是甜的，为什么不是在苹果树下亲吻，像电影里那样？姥姥絮絮地说着，苹果树，果子又大又甜，戴着草帽，她是城里的姑娘，他家是农村的，她的父母死活不愿意，但是后来姥爷考上了大专——他是很聪明的一个人，父母才同意他们在一起。说到这里她的叙述就混乱起来，她怎么结婚，怎么生孩子，那男人怎么又不见了，犯了什么事。总之是没脸见她，他一下子消失许多年。我妈妈从来不提她父亲的任何事，因为她不知道，没有记忆。在我妈妈心里，他不是后来才死的，他一直是死人。

但是苹果树是真切的，是活的，苹果树的寿命有多少？少说三十年，多了有五十年，一棵树结出过多少果子，一道应用题几秒钟就得出答案，验证却需要人的大半生。刘叔叔的老家是苹果产区，收获的季节，漫山遍野的红色果子掩映如灯，镜头对准一张张微笑的脸，脸上满是汗水。

如果汗水和泪水是真的，是否微笑就是假的呢？

十四岁，我对世界的印象，是树的形状。不同的人，近的，远的，亲的，疏的，有血缘关系的，完全不相干的，坐在不同的枝杈上，一齐看向画面之外。第一次，方婷让我画一棵树，我画的就是一棵苹果树，仿佛是冥冥之中的预兆，或者，就像方婷所说的那样，时间总会一遍遍地回到同一个原点，而等待它的人已是另一代新人。

后来，我姥姥拿出了她的积蓄，支持我爸爸的苹果事业，我妈妈没能拦住她。我觉得他们的婚姻正走向一个新的危险阶段，取决于苹果园会不会真的丰收。刘叔叔拍着胸脯保证说当地收购苹果的商人是他从小的好朋友，放一百个心，于是我爸爸又一次充满干劲，他说经济再下跌，人不买玩具，不买化妆品，不买衣服，不吃大餐，总也吃得起苹果。我不知道这跟我画的那棵苹果树是否有关联，当时再多画些果子就更好了。这奇异的、童话般的、又非常合理的联想，讲给爸爸妈妈听，他们只会当成笑话。等明天到了学校，我要讲给方婷听。明天，是我的十五岁生日。

金子、绿豆与玻璃珠

一

临行前,我把钥匙交给房东,托她帮我浇一浇阳台上的那些花,如果有空的话。没空,当然也没关系。我提着行李箱走到室外,一直提到能叫车的位置,天还未亮,不想让滑轮骨碌碌的声音惊扰邻居。黎明是深蓝色的。

在火车上,我睡了一觉。上次坐火车,还是父亲病重,我回家陪了他几天,送他到最后,在那以后我从来没有梦见过他。这次在火车上,我梦见他坐在客厅的沙发上,背靠着一张世界地图,实际家里并没挂着那样一张地图,它却在梦里出现,好像是我爸爸平常爱看的《新闻联播》的附注,这里有战火,饥荒,那里有山洪,海啸……从前,我回家看望父母,我爸爸就会说起电视上有什么新闻,哪里又打仗了,我想这跟我,跟我们有什么关系，我好久才回来一次，见了面，他就大谈世界形势，索马里，海地，巴以冲突，还有什么，这些地名像桌子上的花生米，嘴里嚼着就不必说别的话了。

我装着在听，跟我妈妈一样。我妈妈去世后，我就很少回家，后来我爸爸也不在了，他们的房子也卖掉了，我除了跟侄子一家偶尔联系，别的亲戚都断掉了。这次出来，打算先去北京看望他们，再去别的地方转转，趁着还没太老。人总是活一天少一天的。十几年前，我经历了一场大病，死亡在我头上拍了一拍，又站起来走掉了，像一个温和的陌生人。小时候我也遇见过它，在我爷爷家，乡下地方，一天午后，没人看管，我一个人悄悄来到池塘边，岸边是斜坡，下去两步，又下去两步，不知怎的就滑了下去，爬不上来，手也抓不住东西，眼前是混浊的泥水和一点点太阳。按道理三岁的孩子还不记事，我偏偏记得那一回，一个人把我拉了上来，是我的叔叔，恰巧路过。后来我爸爸当兵出来了，离开了农村，我叔叔还在种地——如今他还在世，我应该去看望他，我的救命恩人。上次见到他还是我爸爸的葬礼，他对着遗体，深深鞠了一躬。

我水淋淋地坐在地上大哭，我大哥也来了，把我抱回家去，因此他挨了一顿骂。活到今天，死亡一共放过我两次，我想事不过三，下次就要来真的了。人到暮年就是有这些迷信，相信事情总有预兆，或者规律，藏在影影绰绰的命运之中。比如，我特别留意偶然遇见的数字，像火车的车次，座位编号，点菜单上的价格，想着我的死日将与哪个数字相合。

有一段时间，我热衷于星盘算命这些东西，相信人之有灵，可通天地，还交了学费，跟一位大师学了几个星期，然后在上班休息的间隙，给同事们算命。他们想知道的事情几乎差不多，女儿何时能够出嫁，儿子何时能够娶亲，自己什么时候能当爷爷奶奶……大师教我的知识，朦朦胧胧，似是而非，对我来说是非常新鲜的东西，他没有一对一地跟我解释过什么，当时我是在一个微信群里，付费进入，里面大部分都是年轻人，奇怪啊，现在的年轻人。我年轻时不相信命运或者天意之类的东西，觉得一切事情都是由人造成的，好事好人，坏事坏人，因果脉络，清清楚楚。

总之我学到一些皮毛，足够作为消遣。正式退休前的最后几年，我在一间大学食堂干活，负责打扫和盛菜，也在那里解决自己的早饭和午饭，对于一个独身的人来说，再方便不过。除了我，同事们都有家庭，有孩子，很多都是一个地方来的，沾亲带故，是老板的远亲之类，只有我和一个厨师是看了招聘启事过来求职的，启事上写明包三餐、住宿，实际上是两餐，住的是四人间。

"比学校的学生还强。"睡在我上铺的同事说，她叫金子，"学生宿舍六个人一间。"

过两天她又说起她在老家的房子。两层小楼，前后两个院子，不像城里，挤都挤死了。

当时，我跟前一个单位闹得很不愉快，拖欠的工资一直不发，我申请了劳动仲裁，要把钱讨回来。我把这些事讲给金子听，金子说，你真厉害，我可不敢打官司。不过，大部分时候，我说着说着，她就睡着了，打起呼噜来，或者刷着手机，心不在焉。有一天她兴奋地告诉我，她儿子要结婚了，等她再多存点钱，就要把老家的房子再翻盖一层。

金子管着清真炒菜的窗口，我在主食那边。晚上我们在学校的操场上散步，肩并着肩，金子说她要给孙子攒学费，将来也上大学。她曾梦到，透过那些热气蒸熏的雾蒙蒙的窗口，已经看见了她那未谋面的孙子，看见她的孙子坐在大学的图书馆里面，背对着她。她想象不出脸孔，只能想象一个背影，那男孩从未转过脸来。她说那一定是个好兆头。

等她得知儿媳妇怀孕的消息，对我说："你还不信，我的梦就是准的！"这一天她把每个学生的餐盘都堆得满满的，分享她的快乐，尽管那快乐中也有焦虑。早先她跟儿子说好，一有孩子，她就要回去帮忙带，不能再打工了。我说好啊，反正这儿也累得慌，没几个钱，不如回去，让年轻人出去挣钱。

"到哪里都是累得慌。"金子说，"我在这里干，钱都存下来。他们出去打工，一年到头，存不下几个钱。"

"年轻人爱花钱。"

"有了孩子要改改脾气呀。"

那年春节，金子邀请我跟她回老家，我没地方可去，就跟着她一起走了。南方乡下，阴冷如针，又十分热闹，前后两个院子，各种着一棵枇杷树，像伞盖一样撑开，遮挡冬天稀薄的阳光。家里人把早上的漱口水吐在树根底下。我住在一间又白又大又冷的房间，下午有一点阳光，偷偷摸摸，小耗子似的钻进来，在人脸上嗅嗅闻闻，一点温暖的活气。金子说这屋子将来给孩子住，你看这大窗户，亮堂堂的，写作业不费眼睛。她儿媳妇说，我们将来不在这边上学，学校太破了，好几个村凑一个班，老师也不行，冬天还烧土灶呢。

金子听了，当面没说什么，私下对我说，他们想去县城买房，到县城上小学，意思是还要她出一笔钱，说买房越早越合适，她想的还是把老房子翻新加盖，已经吵过两次了。金子早年丧夫，一个人把儿子带大，在家里，一说什么事情，就爱把这些话挂在嘴上，我一个人拉扯你长大不容易啊，像一句听旧了的歌词，听得人都厌烦了。在老家的金子仿佛不是那个我认识的金子了。在食堂里，她手脚麻利，言谈爽快，大小事不爱计较，对着学生总是笑眯眯的，没见她有过愁苦的模样。"这些事，跟小时候干的农活比，差远了。"她总爱这么说。厨房闹老鼠，她用铁锹拍死过两只，将它们铲了出去。

在家里，她忙个不停，嘴里也说个不停，每拿起一样东西，就跟我讲这锅，这碗，这井，这树，这照片，这奖状的一切来龙去脉，她的父母，公婆，她死去的丈夫和女儿，活下来的儿子，拉拉杂杂的亲戚，好像一只蜘蛛在检点它织出来的复杂的网。她变得非常敏感，一直在品评别人或者咂摸别人对自己说过的话，忽然怒火升腾,低声地骂一句,又忽然忘掉。准备年夜饭的时候,我想给她帮忙,她一再地把我赶出去,嫌我妨碍她干活。

"你是客,什么也不用管,咱们就说说话。"于是我站在小厨房外湿冷的空气里听她滔滔不绝,腊鱼腊肉摆得满眼,狗在旁边觊觎。灶上的火很久没有熄灭,金子把她的前半生都讲给我听,全是苦的,好像在老家触景生情,想的都是不开心的往事,孤儿寡母怎么被人欺负。不过现在都好了,她喜欢加上一句,现在都好了,像小学生写作文一样,结尾总得是好的。

我更喜欢食堂里的金子,那个金子更熟悉,更亲近,更像我——真是自恋。我趁她不备,偷偷捡起一块腊肉,扔给旁边苦等的小狗,狗叼起肉就跑。一晃好几年了,这次出来,我打算再去看看金子,她的房子早盖好了,后来增建的那一层,外墙白得耀眼,金子抱着她的小孙女站在小楼前,对着镜头微笑。按计划先去北京,跟我侄子一家人见面,秋晨问我要不要住家里,他可以睡客厅,让我和米豆睡一张床,米兰去睡米豆的上铺,下铺睡的是他的岳母,我说不用了,我还是回旅馆。秋晨已经有了这么多亲人,我对他的记忆还尽是他的小时候。"时间过得多快啊。"我说。

"姑姑,你说话像个老太太了。"

我是一个老太太了,我知道衰老正像藤蔓一样慢慢缠上来。我妈活着的时候,总说,寒从脚底生,衰老也是一样。我的膝盖不像从前那样听话灵便,它好像拥有了自己的意志。而我,对抗衰老的办法就是不向别人,尤其是晚辈们去诉说,假装一切都跟从前一样。

饭后我跟米豆下了一会儿跳棋,她输了不会哭,秋晨以前可不是这样,他小时候被我父母惯坏了,下跳棋一定要赢。这套玻璃跳棋还是家里的旧东西,秋晨拿回来了,他是个念旧的孩子,卖老房子的时候,他还哭了一鼻子。人哭起来的神态,最像小时候。那样子,在秋晨的脸上已经一点痕迹都没有了,他完全是一个中年人了。米豆赢了我两盘,输了三盘,她歪着头,鼻子皱起来,显露愁容。

"我的压岁钱啊,姑奶奶。"

我当然不会要侄孙女的压岁钱。棋盘上的彩色玻璃珠亮晶晶的,我给米豆表演了我的杂技,拿起三个珠子,轮番抛向空中,不间断地形成一个圆形。一个杂技动作,我跟小秦学的,他是我年轻时的对象,这种动作就像骑自行车一样，一旦学会就再也不会忘记。

像爱一样。

米豆也要学，她爸爸当年就学不会，怎么也不行，讲解不行，示范不行，米豆几分钟就学会了，好像是潜藏的技能被发掘出来，被唤醒了，她嬉笑着抛起玻璃珠。我跟小秦也这样玩，赌谁的玻璃珠先脱手落地，我赢了，学生胜过了老师。这次是米豆赢了，保住了她的压岁钱。

一个晚上像许多个晚上，跟家里人在一起的、长长的晚上，我几乎忘记了这种感觉。

秋晨家里暖烘烘的，回到酒店那股暖意还在。我把外套脱下来，又脱掉毛衣，剩下一件长袖的内衣。手术留下的痕迹跟我在术前的想象完全不一样，仿佛是身体上长了个酒窝。

动手术是快十年前的事情，我没告诉家里的任何人，这是一个秘密，像隐藏起来的刺青，仿佛它不是伤口，而是一种叛逆。拆掉缝线的第二天，我把头发染成了红色。

公司要求我染回去，理由是这个颜色影响顾客的观感，高档商场，员工不能奇形怪状。我不肯，他们就让我离职，我收集了证据，开始漫长的劳动仲裁。我想真实的原因并不是红头发，而是我得了癌症，他们想摆脱我。然而这世道不是你们几个人说了算的，打官司我也不怕。

最终我赢了，我拿到了应有的补偿，数额不小，我觉得世界偶尔还是公平的，如果不公平，到死亡跟前，也就一切公平了。死亡再一次放过了我。手术后的第二天，我就可以下床，第三天我躲着护士，到卫生间里抽烟，看着窗外一小片蓝天。我没有因病戒烟，尽管抽烟这件事在这个时代是到处喊打的，我还是保留了这个不健康的习惯。跟小秦分手后，我开始抽烟，我就喜欢把时间分割成一根烟一根烟的时间，就像一盏茶的时间，一顿饭的时间，一炷香的时间，一辈子的时间……我用了前半生去当一个听话的女儿，以为我爸会对我感到满意，然而他只会越来越不满意。从我父亲身上，我看出来了，听他的话如同以肉饲虎，胃口越来越大，越来越逼近，是没有尽头的。

为了小秦，我同他大吵一架，他颤抖着，最后露出一副可怜巴巴的模样，我想那才是我爸爸的真身。我说，我大哥是解脱了，我也死了的好！当时我大哥刚走几个月。从头到尾，我妈坐在一旁，一声不出。我不知道她怎么想的，她劝我别回嘴，别继续惹怒爸爸，因为他最近身体不好，我对我妈说，他脾气好一点，少管点闲事，身体就能好了。那时候我们多么年轻，我们说好了要结婚，我偷拿户口本去，给我点时间，一定偷得出来。大概是从哪个电影里学来的，结局也像电影，他一个人离开了。唯一不像的是，他没留下只字片纸——也好，至少没撒谎。

竟然被我爸说中了，说小秦是个没出息没担当的人，我爸一眼就看出来了，这小王八蛋。就因为说对了，我更加不能原谅他。到最后，我在他的病床边上，点上一根烟，不是平常抽的牌子，是我爸爸爱抽的那种，如果他有一丝清醒，就会懂我的意思，可惜他没有。一辈子结束了，恨和怨就跟着结束。秋晨坐在板凳上，头靠着墙，眯着眼睛。年轻人睡得多，到我这个年纪，深夜醒着并不难。

我爸爸去世那天，我睡了一个长长的午觉，醒来天已经黑了，恍惚以为是黎明，隔着房门，我听见客厅有规律的嗒嗒声，像极了一个人拄着拐杖走路，我听了一会儿，起床，拉开房门，那声音便消失了，客厅空荡荡的。接着我闻见烟味,是我中午时抽的。我打开灯,看见对面的窗户亮着灯,灯光一动不动。是晚上,不是早晨,不用起床,可以一直睡下去。那些灯光凝固着,如同雕刻。

我坐在我爸爸常坐的沙发上抽了一根他的烟,想着如何安排那老太太,我的后母,如何客气地请她离开,别问财产,做好了打官司的准备。结果她什么也没说,从养老院搬出来,住到她自己儿子的家里去了,这样顺利是我没想到的,或许我把她想得太坏了,太有心计了,或许她的性格跟我妈差不多,老实,顺从,什么都接受,诉讼打官司,对她来说是不可想象的。爸爸的葬礼过后,我没再见过她。

那天晚上,我在客厅里,开着灯坐了一夜,好像等待着或者躲避着什么,直至这老房子里的空气渐渐平息,不再充斥着几十年来残留的声音。气味,影子,直至凝固的灯光都一一熄灭,去年我以为我可能要死了,我工作了许多年的地方,突然说我的头发有问题,红头发是我劫后余生的标志。我觉得是他们出了问题,钱不光是钱,有时候钱还代表正义。现在爸爸去世了,他的刚硬和固执一并化了灰,曾经我对他又怕又恨,最后还是时间打败了他，时间也会打败我的，在那之前，我还得活下去。一只乳房。

二

我们卖掉了房子，钱分作两份，秋晨一份，我一份，我弟弟不肯来见爸爸最后一面，也不要遗产，这一点我倒是佩服他，断绝关系就断绝到底。我换了住处，不再住原来的集体宿舍，休息日，金子来找我，我们在阳台上喝茶。金子说，从这里望出去，像什么呢？她想着，她第一次来到这么高的地方。

像什么呢？

最后她说，像跳棋，我俩一起哈哈大笑。在宿舍里有一副跳棋，我们搬进去的时候在床底下找到的。别人刷手机的时候，我和金子时常下跳棋，她总是要绿色的玻璃珠，我们面对面坐在她的床上，像两个寄宿的女学生似的。这次我把跳棋拿到阳台上，金子却拒绝了，她说她要看看风景，从这么高的地方。

下跳棋的时候，我们不必说话；从阳台上看风景，也不必说话,有一个不必说话的好朋友是令人舒适的。金子坐一会儿,又站起来,看邻居家种的花草,隔着两道玻璃,其实看不清楚,直到茶水都凉了,风也凉了,太阳要下山了。她才开口,问我能不能借一笔钱,她得帮儿子买房,数目不大不小。

在那一刻,我其实是有点后悔的,后悔把什么事都告诉她,把她当作知心朋友,毕竟相识不久。她见我犹豫,马上改口说,不方便就算了。我便答应下来。太阳落山了,阳台变得阴冷,我们回到屋里,金子说她会还钱,叫我不要担心。

我说没关系,我也没有急用,你拿去吧。不知道为什么,我在此时想起了我爸爸,我哥哥因为救人而溺死,他却把这笔钱给了他过世战友的妻子,好像过了几十年,终于有机会报答了。对于这个决定我完全不理解,他好像在践行一种陈旧过时的理念,人要知恩图报,不管过了多久。

完全是自我感动,实际上他战友的妻子早已再婚,有了新的家庭,过得很美满,这些变化在我爸爸眼里似乎是不存在的,他认定了什么事就一辈子不改。第一时间我想拒绝金子,我们还没亲密到可以有金钱往来的程度，但是当话出口时，已经来不及了。我答应她，好像是我爸爸在透过我说话——这种请求他总是不会拒绝的，他死后我在家里翻出好几张借条。

我借钱给金子，她很快就走了，换了个城市打工，说那里工资更高，我总觉得她对我变冷淡了，信息回复得很慢，或许她想赖账，或许我从头到尾都搞错了，她是个不怀好意的骗子，她慷慨地给学生盛上一大勺土豆牛肉，她站在冷飕飕的厨房里炒腊肉，这些印象无法互相联系起来。她走后没多久我就从别的同事那里知道，她向所有人借钱，借了一圈，只有我答应了。

我想我是傻的，这种地方，这种工作，人来人去像流水一样，凭什么相信她？又一次，我感到我爸爸的某一部分在我血液里流淌，他的那些说教，标榜，价值观念，善恶标准，关于人应当怎样做个好人的种种道理，渗进我的皮肤、血液、头发，没法像切除病变组织那样轻易地去除，促使我把好不容易要来的补偿金轻易给了一个陌生人。然而在她借钱之前，我都觉得我们是好朋友了——真是虚伪，说的不是她，是我自己。

我在食堂又干了几年，没攒下什么钱，只有人更老了，终于到了领退休金的年龄。我在家闲了几个月，金子联系我,说要还钱,还想见一面,语气中带着恳求之意,她去年就回了老家,不打工了。我想出去走走也好,先去北京看看我侄子一家,好几年没见过他们了,再去金子那里。从北京到金子的家,先坐火车,再搭汽车,最后是金子的儿子开着一辆电动四轮车来接我,他说金子平时用这个车接送孩子,他的女儿明年就要上小学了。还是和记忆中一样的冷,路是新修的,沿途的房子也很新,新房子显得虚情假意。金子站在门前,她瘦了很多,我下了车,她一笑,瘦窄的脸便从中间劈开了,笑声溢出喉咙,像门缝里漏出一道光。

金子带我参观了她的房子,下面两层跟原来一样,走上三楼,墙壁骤然雪白,左右两间卧室,金子住其中一间,让我住另外一间。她儿子帮我把行李箱提了上来,一会儿又提了一暖壶开水,拿了个装茶叶的铁桶。上次我见到他,像个孩子,这次见面,依旧像个孩子,老了一些的孩子。金子告诉我,他去年离婚,儿媳妇走了,她只好回家帮忙带孩子。

"为什么?"我不禁问道。

金子笑了,摇摇头,好像我问得很幼稚。茶叶在玻璃杯里浮上来,杯子上印着红色的喜字图案,被水淹了过去。我小心地问起金子的身体状况，她瘦得出奇，她含糊着，不肯直接回答，只摆摆手，说："老了就是毛病多。"

不自觉地，我又讲起我从前抗癌的那段经历，说过很多遍了，可是我总是忘记这一点，不厌其烦地说了又说，像我爸爸爱讲打仗的事一样，好像没有那段经历，我就不是我了，我总是找机会把那些事从头到尾再叙说一遍，从洗澡时摸到肿块开始，一个人检查、住院，一个人出院，家里人全都不知道，别人看我是凄凉，我只觉得自己厉害极了，出院没多久我就开始和原来的单位打官司，生了一场大病，我忽然什么都不怕了。病房里什么样的人都有，有的人在那里开家庭聚会，天天有不同的家属探视，有的人就像我一样孤零零的，我有一个病友，她的毛病是被男人摸出来的，那男人后来离开她了。

金子没有笑，上次我说到这里的时候她笑得很厉害，是因为我们又老了几岁，好像这样的事对我们来说已经太遥远了，远得难以想象，因此也笑不出来。有些事情不会过时，是我们过时了。总之，无论是谁的手，又有什么分别？爱抚的时候发现了病灶，然后离开，病友说她想开了，得一场病，看清楚一个人的本性，也是好事，仿佛认清一个男人的本性是比自己的健康更要紧的事，我们的自我安慰竟是如此孱弱。金子说："你多住几天，一定要多住几天。"

我们说起原来在食堂共同认识的人，大部分都走了，老板倒是过得一帆风顺，成立了新公司，承包了好几个学校的食堂，听说他离婚又结婚了，生了个小儿子，他年纪够当爷爷了……一直说到茶水变凉，金子打开暖瓶往杯子里续水，拿起来喝，只是微温而已。

"这暖壶不保温了。"金子说，"这还是我结婚时的东西。"这屋子里尽是旧物件，沙发、茶几、五斗柜、瓶插的塑料假花，看上去都有年头了。还有金子，她的消瘦并不显得病态，而是一种磨损，无法修复的磨损，我想我自己也是一样。

金子给我看她小孙女做的手工，纸板拼装成的宫殿，迪士尼公主，白马，权杖。她说她小孙女想去迪士尼，她把"士"字发音很轻，好像拿不准到底应该怎么读。她孙女一直跟着她睡，靠着大床，拼着一张粉色的小床。金子说她总是睡着睡着，就滚到大床上来了。

下午她带我一起去接孩子，电动车停在幼儿园的门口，操场上铺的是沙土和煤渣，两个木架秋千一动不动，天色阴沉，铁门前停着好几辆电动车，三轮的，四轮的，两轮的，金子搓搓手掌。初冬天气，坐在这单薄如饮料罐的铁皮车里，寒意像水漫上来。老师带着一队小孩从一间平房里走出来。金子下了车，我没动，实在太冷了，一会儿要向金子借件厚毛衣穿。她牵着一个小女孩的手走过来，书包和帽子都是粉色的，一副大红色的毛线手套，头发被帽子压着，露出一点，是弯曲的自来卷，眼睛黑而深。我冲她微笑，金子说："她听不见，聋，哑。"上了车，小女孩坐在金子旁边，车外伸出一只椭圆形的后视镜，映出小女孩椭圆形的脸。金子叫她亚亚，亚亚听不见，也说不出，只会从别人的嘴型判断出是在叫她。金子说："明年就要上学了，还不知道去哪里念，你知道聋哑人的专门学校吗？贵不贵？"

我有点后悔来做客，本意是借着这次机会，看看是否真能拿回我的钱，这么一来，又很难说出口了。到了家，金子去厨房做饭，告诉我亚亚的爸爸回厂里上夜班去了，不在家吃饭，让我和亚亚进屋去，外面太冷。亚亚又拿出一套纸板，趴在玻璃茶几上，按照说明步骤，一步步搭起一个彩色房子，只有正面，后面是空的，没有墙。我说，这房子住着一定很冷，说完才想起亚亚听不见，但是她抬起头来对我一笑。

不冷。仿佛有个声音在说，像我的声音。

天色渐渐昏暗，亚亚跑去开了灯，她的房子搭好了，现在要拼一些纸板做的小人，这些玩具千篇一律，且粗制滥造，亚亚却乐此不疲。我认出这房子，跟刚才金子给我看的那个一模一样，第二个，还是第几个？我对聋哑人没什么了解，听不见，说不出，怎么教她认字呢？秋晨在她这个年纪，已经会背几十首唐诗了。亚亚把她插好的玩具端着给我看。

真漂亮。我说，努力使自己的表情更夸张一些。皱纹一定更深了。

亚亚笑起来了，我无法判断那笑声是从哪里来的，窗外，天外，还是心里。一个漂亮如同洋娃娃，却发不出一个有意义的音节的小女孩，像一面清透的镜子，将所有的形影和言语都反弹回来。

我有点明白为什么金子的儿子儿媳要离婚了，这样的环境，一个聋哑女孩，可以想象得出。金子从来没提过她孙女的事，只给我发过几张照片，襁褓里的，学吃饭的，学走路的。一晃我们这么些年没见了，看见亚亚，我才意识到金子这些年过着怎样的生活。

在食堂里上班的那两年，我们刚过中年，虽然不年轻，但是生命依然热气腾腾。金子帮我缝了几个充作义乳的豆袋，沉甸甸挂在胸前，外观足够以假乱真，像把一个小孩子玩的沙包戴在身上。她叫我不要琢磨那么多没用的念头，只管做有用的事，缺了哪里就补上嘛，包管看不出来，看不出来那就是真的——非常实际的生活态度，我很羡慕她。

沉重的豆袋使我的颈背不舒服，晚上，金子帮我按摩，二十世纪九十年代她做过按摩师，我们都经历过九十年代。我没说什么，她说，不是那种按摩，正经按摩，有师傅带，师傅也是老板，从中医院辞职下海的专业人士，针灸、正骨、按摩，在一个沿海城市，工资不高，包吃住。她说她只干包吃住的活儿，这样就能把钱攒回家去，每个月买卫生巾是最大一笔开销，后来也用不着了。她按摩的力气很大，很痛，她说就是要痛，不痛不管用。

可真是太痛了。金子放轻了力道，她一边帮我按摩，一边絮絮地说话，无非是她从前如何吃苦，攒钱，供儿子念书，长大了娶媳妇，再生个孩子，子子孙孙无穷匮。金子的梦话都是数字，存款的数目，存单到期的日子，到期了再转存，她只相信板上钉钉的银行存款，别人跟她讲保险理财一类的事，她就笑着摇摇头，搞不懂的事情，她躲得远远的。唯独亚亚，我看着亚亚一个人安静地玩耍，亚亚完全出乎金子的意料，吃晚饭的时候，金子说，她儿媳妇怀孕的时候，爱吃冰的、甜的，井水浸过的西瓜一次能吃半个，说不定影响了孩子。亚亚吃饭也安静，无端令人觉得她知道我们在说什么。

"别当着孩子说这些。"金子抱怨起儿子的前妻，絮絮叨叨，没完没了，我劝她说。

"没事，听不见。"说着对亚亚一笑。

亚亚茫然地望着我们。天黑透了，院子里的灯亮着，金子出去把它关了，回来带进一身寒气，人又瘦，像一截剑刃，侧面看近于无，正面看也是窄窄的。我心里一动，问金子："你身体没事吧？"

"老了嘛，那些毛病。"

她热情地给我夹菜，把一大块鱼肚子给了亚亚。虽然亚亚听不见，但我还是不想当着小孩向她要债。吃完饭,亚亚帮着我们一起收拾。厨房比从前大多了,水是抽上来的地下水,冰得刺骨。金子往一个大盆里倒上半壶开水,混上冷水,把碗盘都放进去浸泡。洗洁精的泡沫堆如白雪——从前在食堂干活的习惯,洗洁精不要命地放。亚亚挑起一朵,捧在手心,递到我跟前。我不解其意,金子说:"送给你的。"

我伸出手,亚亚小心地把一朵泡沫花倒在我手里,像个雪峰,颤巍巍地,眼看要化了。亚亚一直盯着这堆泡沫,看着它慢慢化掉,化成腻腻滑滑的液体,我蹲下来,和金子一起洗碗。

"她就爱玩这个。"金子说,"但是不能化在她自己手里,一化就要哭,眼泪止不住。"

亚亚走开了,噔噔噔上楼。金子低声对我说:"我也不能死在她跟前。"

在金子家住了几天,临行前金子把钱还给我,让我再多住几天,我不肯留。过了几个月,金子的儿子告诉我他母亲的死讯。收到消息的时候,我正在泰山的山顶上等待日出。二十多岁的时候,我来过这里,跟小秦一起,那些石头的形状我还记得——记忆力好,是我从小就得意的优点,或许是个缺陷。我的腿脚大大不如从前了，坐缆车到终点，又花了大半天才爬上来，住的地方比从前好多了，听说这院子是从前皇帝的行宫。上次，我跟小秦睡在一个大通铺上，直到半夜还有人走动，出去接热水，踩错鞋子。那一夜过得迷迷糊糊，我们已经知道不能够在一起，小秦要出国了。

黎明之前人都纷纷起来了。我们跟着别人，别人也跟着我们，但是那时候我感觉不到别人，感觉不到前后的拥挤、喘息，那时候旅游的风潮还没兴起，但泰山顶上也是满满的人。不知道都是打哪儿来的，都是像我们一样，想来看看小学课本里的日出？先有印象，再看实景，实景也变得有些虚幻，不禁暗暗比对，就像先看爱情电影，再经历爱情，爱情也有了模仿和表演的成分。假的从真的那里来，还是真的从假的那里来，大半生过去我还是没搞清楚。

分手何必跑到这么高这么冷的地方。租了一件军大衣，我披着，小秦仍然穿着他那件皮夹克，攒了很久的钱给自己买的，他最爱穿的一件衣服。我爸第一次见他，他穿着皮衣，我爸就不喜欢，说他油滑，不像正经人。

军大衣很重，重得像一个令人喘不过气来的拥抱，只觉压迫，并不很暖和，许多人披过，浸染着一种气味，或者是潮气。脸上蒙着清早的雾气，白雾中的人脸失去了个性，像画片一样，没人说话，直到有人号了一嗓子，仿佛是他把太阳叫了出来似的。其他人纷纷应声惊叹。小秦发出呼哨，他是一个口哨高手，能吹出一支完整的《草帽歌》。我在他身侧半步的位置，想着把他推下去会怎么样。只是一闪念，却像一道劈空的闪电，照亮我自己的脸，原来我是这种人，是得不到就想毁掉，连自己也一起毁掉的那种人——把他推下去，看着他滚落，像一块石头，来不及发出声音。好在太阳升起来了。

凌晨，导游打电话到房间，酒店组织客人去看日出。前一天入住的时候，前台的姑娘面带微笑地告诉我，明天是个好天气。在这里今天总是不重要的，明天和明天的太阳才重要。我告诉她我上次来是三十年前了，住的是一个破招待所，现在都是大酒店了，一边说，一边用手比画出数字三，对方露出敷衍的笑容，仍然说着规定的套话，欢迎入住，并把门卡递给我。

我意识到，我犯了一个老年人常犯的错误，没有人想听你的过往，不分场合对象地讲述自己的旧事，是令人尴尬的。衰老本身就是尴尬，像一个讪讪的笑，总得求人宽容。我按照服务员的指示走向自己的房间，房间整洁，一丝不苟，散发着凉意。在金子家住了三天，走的那天，金子让她儿子去银行转账，还要算利息给我，我没要。离开之后，我一路走走停停，火车、大巴、公共汽车，像个年轻的背包客一样，有的地方没去过，有的地方是故地重游。无论哪种，我都有一种此生不会再来的心情，老年人的心情。

在金子家的第一个晚上，亚亚睡着了，金子来到我的房间，问我要不要按摩。我放下手机，趴在床上，金子说，我给你踩踩，她站在我的背上，仍是轻飘飘的。我说你瘦多了，金子笑了，说有钱难买老来瘦嘛。

肌肉和骨节彼此摩擦，意识与身体片刻脱离。金子问我哪里痛，我说都不痛，她说："亚亚给我踩背，踩到哪里都痛。我教她踩背，她学得挺好。"

"你让她学按摩？"

"学一门手艺，将来养活自己。"

"她还没上学呢。你当年不是说连上大学的钱都给存出来了？"

"上了学，不还是一样？能干什么挣大钱的事？嫁人都嫁不到好的。过两年去上聋哑人学校，念几年，认认字就够了。"

我不说话了，金子的脚像手一样灵活。她说现在手没力气，按不动了。当时我要是多问她几句就好了，其实她快要说出来了，但是我没问，不想问，如果她说她得了重病，我还怎么张口要债？这不是我该考虑的事。但是金子，她的脚落在我背上，轻得像一缕哀愁。踩完背，她跳下来，对我说："我差点忘了，你等着！"她走出去，片刻又回来，手里提着一只尼龙袋，往床上一倒，全是填在内衣里的豆袋，用一种介绍土特产的语气说："都是今年的新豆子。"

我笑出声来，怕吵醒亚亚，又压低声音，说："我现在不用这个了。"说着掀起毛衣，这处伤口除了医生，只有金子看过，我没有穿内衣。金子说，这样也好，就是嘛，都这么大年纪了，还在乎什么。她还是要我把豆子带走，拿回家煮粥，我告诉她我不回去，打算到处转转，趁还走得动。

"那真好啊。"金子坐在床沿，手摩挲着新换的粗布床单。我告诉金子，我要去泰山，三十年前跟对象一起去过，还要去别的地方玩。不知道什么时候才能回家用你的豆子煮粥。金子拍拍我的手背，有那么一刻，我以为她会说点什么，最终还是没有，不复从前那个快言快语的她。她的一部分已经消失了，好像人不是一下子死掉的，人是一点一点后退，淡出，最后消失的。金子还是金子，她褪色了。

不提钱的事就好了。去玉皇顶的路上，金子打来电话，接通却是她儿子的声音，我心里一沉，几句话说完，玉皇顶就在眼前了，导游招呼我们跟上，电话挂掉了，我走向人群。太阳像群山间迸出的一滴血泪。她儿子对她的病情竟不太熟悉，翻来覆去讲不清楚，对于钱的事倒很清楚，借钱是为了给他买房子，后来金子又出去打工，生病才回老家，回家就是等死来的。她儿子不知道她还有外债，直到我来了。

"为什么不治病？"

"她自己不要治，她的钱都捏在她自己手里，我也没办法。"我不喜欢他用的这个字，"捏"，把自己撇得干干净净。

"早知道这样，我就不跟她要钱了。"

"是吗？"那声音包含着一丝讥诮。

我噎住了，怒火升起。我怨恨金子，她的死显得我无情无义。她不去治病,把钱省下来还债,有必要这样?如果她这么做了,把存款花在治病上,我一点都不会怪她,不会的,我爸爸,我大哥,都不会怪她的——我大哥为了救一个素不相识的孩子,淹死了,几万块钱又算什么。我大哥死后,我爸爸没有抱怨他一句,尽管他们从前经常争吵,但是他最终完成了一桩我们的父亲永远赶不上的英雄之举。

我回到房间,应该收拾东西,准备下山了。这里的一切都显得刺眼,白枕头,白床单,白茶杯,白马桶,白森森的寒意,风景名胜不会使人想到生老病死,但是生老病死总是追着人来。她是死在亚亚眼前的吗?一个为了泡沫消逝感到难过的小女孩。我背着背包,从另一条路下山,上山的游客都是昨天的我。

三

亚亚将手指一捻,蜡烛就熄灭了,像变魔术。这是我教她的,动作要快,够快就不会被烫到,看上去危险,其实一点事也没有。亚亚看着我做示范,露出又高兴又惊奇的神色，我示范了几次，她就学会了。除了徒手灭火，我还会抛接球，接到球立刻抛出，空中最多可以保持四个球，高阶技巧，亚亚也学会了，她跟米豆一样聪明——比小秦更聪明一点。

不自觉地，我把这小女孩和我一生中认识过的人相比较，她像谁或者不像谁。进入老年，记忆成了我认识一个陌生人的参考书，需要时时索引。亚亚是新的，但是人没有新的，人，哪怕再年轻都是旧的，我总能在记忆中找到与亚亚相似的神情、笑容，秋晨，米豆，旧照片里的我大哥、我弟弟和我，当然，还有金子。一老一小，是人类最没有个性的阶段，年龄就是我们的个性。亚亚用我教她的技巧，把生日蛋糕上的蜡烛一圈都捏到熄灭，又一一点起来，再挨个熄灭，玩腻了，又捡起玻璃珠，一个个抛向空中。

是我的六十五岁生日，秋晨打了视频电话，米豆跟亚亚打了招呼。我介绍说这是朋友的孙女，放暑假了，我带她出来玩玩，九月她就要三年级了。秋晨露出迟疑的神色。米豆热情地跟亚亚打招呼，说这孩子长得真漂亮，像个洋娃娃，姐姐送你个洋娃娃好不好？哄小孩子的语气，隔着屏幕，读唇语有些吃力，亚亚只是微笑，她早学会了,听不懂的时候,就只管笑。

亚亚在一家聋哑人学校念书,离家六十多公里,住校,可以一直念到初中。我去接亚亚的时候,她爸爸只说出门要听董奶奶的话,跟你奶奶一样的,声音很大,亚亚似懂非懂。她跟她爸爸之间,没有与金子的那种默契。看得出来,我带亚亚出来,她爸爸很高兴,亚亚平时没机会出门。我告诉她,我们去迪士尼乐园,她已经会读唇语,高兴得跳起来。

在火车上,她仔细看一切字,禁止吸烟,欢迎乘坐××号动车组。八九岁的孩子刚识字,看见什么都要念一念,亚亚的心里一定充满声音,一个不会说话的孩子是任人想象的。不过她自己并不屈从于此。我看不懂手语,她就从背包里掏出一个本子,我们笔谈。

"你叫什么名字?"

"董秀娟。"

"你几岁了?"

"六十五。"

"你家有小孩吗?"

"我没有家。"

她停下来思索,过了一会儿,写道:"我们俩现在是一个家。"将"现在"两个字重重地圈上。

"有人问你,就说我是你奶奶。"

她画了一个笑脸,表示同意。我觉得这孩子比同龄的孩子要成熟些,至少比我九岁的时候要聪明。当然环境是不同了,人总是一代比一代更聪明,或者显得更聪明,哪怕她听不见,充满新鲜刺激的世界仍然不断震动她,改变她。亚亚的眼神变了,不再像小时候那么专注,她的注意力不停变化,在那个粉色封皮的日记本上,她记下一个又一个站名,画个太阳,画朵云彩,表示天气阴晴。偶尔她停下来,怔怔望着窗外。

我第一次离开家,坐火车,也是这样望着,当时已经快三十岁了,没结婚,被人指指点点。跟小秦一起,形同私奔,但是记忆深刻的并不是他,而是路上的情形,人,人的脚步,口音,手提包,草帽,蓝色、灰色、黑色的外套,清瘦空荡的,鼓鼓囊囊的,全是人,全都比我们幸福。二十多岁,我满腔遗憾,以为人生不幸,到现在,才知道活下来多么侥幸。那个被男人摸出毛病的病友已经过世了,而我还在四处游荡,没有固定的住处,没有固定的财产,依靠一笔菲薄但稳定的退休金和一笔数目不小的遗产,打算余生就这么度过。退租的时候,我把家里的绿植都送给房东,那个姑娘答应好好照顾它们。余下的物品,我告诉她可以随意处理。

等于把身后事都做完了,像提前完成暑假作业的小孩,只剩下玩。有时候我也去看望熟人,我大嫂再婚后又丧夫,一个人住,整天钩钩织织,倒也逍遥。她有许多朋友,我住在她家里,天天都要外出,总有人约她逛街,吃饭,喝茶,爬山,她们常爬的那座山,背面就是墓园,她们说说笑笑地经过死人的旁边,野花野草无知无觉地随风招摇。我跟在她们后面,气喘吁吁,完全想不到我大嫂会走在我前面,她那一匣子钩针绒线没人要,最后清理遗物的时候,我拿走了。

在去上海的火车上,我做起钩到一半的活计,是个水杯套,打算送给亚亚的。亚亚比画着,意思是让她来试试,原来她只是看我的动作,就已经学会了,一上手就像个熟手,很快,我就没什么可教她的了。她会钩复杂的花样,还能举一反三,发明新的样式,她抛起玻璃珠像个熟练的杂技演员,她的聪明与她的聋哑,让她的前程变成一种又亮又暗的东西。而我,除了带她去看高耸的童话城堡,没办法为她做任何事。最后,她可能会在给客人按摩的间隙,偶然收到我的死讯,或者根本没人告诉她,她早忘记我了,但是她一辈子都知道怎么把球抛起来,快乐像火柴头一闪。她动作熟练,钩针转着圆圈,上下左右,她没有重复原来的花纹,而是换了一种针法,随心所欲,我看得入迷了。她钩出了董秀娟三个字,又钩出了亚亚,接着又是一个董秀娟,一个亚亚,越编越多,越编越长,超出一个保温杯需要的尺寸,她不想停下来,我也不想打断她,直到火车缓缓停了下来。

旅馆房间狭小,亚亚爬上床,把自己裹进被子,像一只厚厚的蚕蛹。我发现马桶冲水有问题,打电话给前台的老板娘,又等了很久才有人来修,等工人走了,亚亚已经睡着了,今天累坏了。她第一次出远门,跟着一个陌生人,路上安安静静,牵着我的手,像一件沉默的行李。不知道为什么,她令我想起临死前的金子。金子死在家里,死在亚亚跟前,而见过至亲死亡的人,终身都会携带一小块死亡的残片,像一块碎镜子,时不时照出人影。我带亚亚去迪士尼乐园,在餐厅吃午饭,她掏出本子写:要是我奶奶能来就好了。

她玩得非常开心,我被吵得昏头昏脑,辨不清方向，我太老了，太阳晒得我头昏眼花，城堡像冰激凌一样摇摇欲坠，而老年也是一个行将融化的年纪，老年人总是面目模糊。商业街上，亚亚将脸贴到橱窗上，那些穿着公主裙的塑料模特，雪白珍珠与蕾丝花边相互呼应，亚亚的脸清晰如画，我的脸混沌如烟，一阵风来，就要吹散了。

自从金子去世，我就常常想到死，好像一个没见过面的老朋友在远方对我招手，对方的脸总是变幻无常。如果亚亚会说话，她就会告诉我金子去世前的情景，就像我把爸爸去世前的样子告诉我弟弟那样，见过死亡的人总是需要找人说一说，说破那阴影，哪怕对方并不想听。而我是真的想听，却没人能告诉我，最后一次见到金子，她欲言又止，应该不是为了钱的事。或许她想让我看顾一下亚亚，却不好意思开口，或者她还没拿定主意，要不要继续治病，把钱花光了再去死。本来我们可以好好谈谈，清楚地交代后事，坦诚地告别，而不必制造那些惶惑与后悔，因为她的死，我才细细咂摸那几天的相处，金子怀着诀别的心情而我却一无所知。

走在街上，四面高楼围拢过来，亚亚仰头去看，在心里默数，高楼能有几层，她的神情依稀与金子一样。

金子一直觉得，我跟她做了同事，是"你落难啦"，偶尔她也跟着我骂骂以前的公司和老板，但是始终不能共情，她说你跟我们不一样，你是城里人，将来你有退休金，退休了，好日子就来了。我们老了病了只有等死。

金子笑眯眯的，我也笑眯眯的，这些话说得我轻飘飘的，有她在身边，我的境遇就显得不那么糟糕了。她总是恭维我，一辈子没人把我当成一个可羡慕的对象，只有金子，哪怕我只剩下一只乳房。

"你可真坚强。"她说。在她眼里我不仅坚强，还几乎是个人生榜样，像电视里表彰的那种人，与病魔斗争，与坏人斗争，自食其力，不辞辛苦，这里面没有一件事是我想做的，我理想的生活与眼前的状况正相反，金子却把我当成偶像一般。"你是个厉害女人。"她说，"你动过手术，打过官司，你还跟人私奔过，这些事我想都不敢想！"

私奔是夸大的讲述，后来看了一些小说，才知道那原来叫私奔，偷偷摸摸，不过明路的，叫作"私"，婚姻是"公"，恋爱就是"私"，听话是"公"，不听话就是"私"，有意思的故事也都是"私"。我和金子笑得前仰后合，重新讲一遍我跟小秦的恋爱往事，太土了，太过时了，旧的爱情故事就应该老老实实地待在原地，不要提起，提起来就像个笑话，而老年人应该学会自嘲，这样显得更有尊严。小秦在地球的另一端，如今是老秦了，此刻不知道同谁笑成一团。五岳绝顶，军绿色的厚大衣荡在肩上，显得人一片痴肥。我拒绝了小秦提出的，一起出国的建议，时隔三十年，我可以承认，我爸爸说的那些话，对我并不是毫无影响的。小秦完全不想改善他同我父母的关系，不想表现得更好一点，尽力博取他们的欢心，他只想和我一起远走高飞，也让我觉得他缺少诚意。私奔不了了之，下山的路上，我已经决心分手。

金子坚持说，你做对了，爹妈要是不喜欢，将来也不会好。在她看来，我的一切都是对的。

"怎么会有这样的人？"我说。

"你就是啊。"

"我是说，怎么会有你这样的人，觉得别人什么都是对的。"

金子笑了，她坐在阳台的一把椅子上，整个人缩着，缩在夕阳里，像一只放了很久的、皱皱的苹果。有意无意地，我总是取笑她两句，金子啊，你可真是傻。

金子讲起她吃苦受罪的往事,也是一箩筐,一个农村女人能吃的所有苦,她都尝过了,穷只是其中最轻微的一种。她失去过一个孩子,女孩,她说小孩子烧完了连骨灰都没有。我的故事是连贯的,有前因后果的,她的却是跳跃的,断裂的,时间混乱,比如那个死去的女儿,到底是两岁还是十二岁,到底有没有骨灰,到底埋在了祖坟还是马路边,到底是生病还是意外,有时候她的语气是充满怀念,有时候又显得无所谓。每到祭祀的日子,她就会到马路边烧纸,烧给许多人,其中一个是她女儿,金子让她去找爸爸,外婆,外公,爷爷,奶奶,太婆婆,一大帮人,热热闹闹,火熄掉如同宴席散了。

她说,我要是在家,我女儿也许就不会死了。又说,这就是命。这是烧纸的日子,马路上余烟袅袅,我们像两个女中学生那样挽着手走路。金子说:"人家欺负你,没有为什么,就因为你是好欺负的。"她的人生经验全是围绕着如何自保,老板拖欠薪水,她不懂得什么法律手段,但是她会举着菜刀去路上拦人,告诉他今天不是你死,便是我亡,除非把钱还给我!

她说着这样的话,敢举着刀截住欠钱的老板,然而她并不偏激,甚至有些软弱。她挽着我的胳膊,身子瘦小，和我走在一起，像轮船边上的小驳船，劳动仲裁这个词，是她从我这里听说的，我告诉她，我还起诉过恶意扣押金的房东，拖了两年多，也赢了官司，拿回两千块钱，加上两年的银行利息，起诉费也是对方支付的。

"你瞧瞧。"金子说，"这就是你呀。换成我，我只会拿菜刀。"又说："他们也真的怕菜刀。我可不会找法官。法官都长什么样子？"

她相信世上确有青天大老爷，然而，青天大老爷虽然清明，却关照不到自己头上，遇事还得靠眼泪、哭闹和菜刀，或者依靠朋友。她想把亚亚托付给我，却没能开得了口，她踩在我背上，说的全是亚亚的事，亚亚爱吃什么，爱玩什么，亚亚想去"迪迪尼"。

迪士尼。我轻轻地说，舒服得快要睡着了。月亮挂在枇杷树上，一枚硕大的金黄的枇杷。

亚亚睡着了，呼吸轻轻的，在这个年纪，她还没来得及犯任何错。我把头贴在枕头上，枕头凉而微硬，像一张板着的脸，慢慢地才哄开颜，变得温软。亚亚累极了，她年龄不够，不能坐云霄飞车。那么下次再来。我在纸上写，递给亚亚。

还有下一次吗？

明年，你放暑假，我再带你来。

是我奶奶叫你带我来的吗？

对，她托梦给我。

她拿钱给你吗？

对，她拿钱给我。

我奶奶说她没有钱，她都没有治病的钱。

她骗你的。

她骗你或者我骗你，没什么分别。亚亚留恋地看着烟花，城堡，人群，夜渐渐吞没一切颜色，只剩下点点灯光。人潮向出口涌去，我和亚亚慢腾腾地走在后面，亚亚拉紧我的手，很久没有人如此信任我了。一个不会说话的孩子，一个说过太多话的老人，"迪迪尼"又有什么错呢？好像叫对了名字，那就不是一个人造的幻境了，好像生活的意义就在于叫对那些完全不重要的事物的名字，一网捞住所有浮花浪蕊，提起来却是空空荡荡。我们谁也没有说谎，只是躲藏——那次见面，我第一眼看见金子就觉得不祥。

不如说破，痛哭一场。在活着的时候好好告别，比对着火苗喃喃自语要真切得多，那火苗从几千几万年前延烧过来，烧尽无数待说未说的话，我妈，我爸，我的朋友金子，将来还有我自己，秋晨，米豆，一代人把自己的死亡交给另一代人，多么沉重的负担。料理完我爸爸的后事，我对秋晨说，将来轮到我，只管撒进大海，你记住了，我不要任何人来纪念我，拜托你，千万忘记我。玻璃球总会落地的。

四

过了十几年，亚亚还记得，奶奶的一个朋友，带自己去迪士尼乐园，那里的城堡竟然是真的。然而再大一点，她知道了那些也是假的，并不比那些纸玩具更真，并不是说，砖头石块混凝土，就是真的，硬纸板做的，就是假的……世界不是这样划分真假的，真就是一个真，假是层层嵌套的假，重复再多也是假的。

那位奶奶，和自己的奶奶，她经常在记忆中搞混。她们身高差不多，样子差不多，白发与皱纹也差不多，一个好像另一个的影子。或者在小孩子的眼里，老年人都是一个模样，衰老是笼统而模糊的，所有人的衰老共享一张面孔。在工作中，她很受欢迎，因为她不会说话，老人们都觉得她人好，踏实，在满意度调查的表格上，给她打"非常满意"。事实上他们是不满意的，只是客气，亚亚知道，他们对什么都不满意，天气、花园、餐食、睡眠，有的房间是两人同住，那几乎无法相处，谁的鞋子横在地上，谁半夜打呼噜。亚亚大概知道，谁跟谁闹矛盾啦，谁的孩子经常来看啦，谁又拉在裤子里……同事们聊天八卦，不带她，但是也不背着她。晚上在员工的活动室里，别人说说笑笑，或者打牌，亚亚就坐在一边钩东西，杯垫、杯套，谁要就给谁一个，没人要就自己留着，她的床头柜里放满了这些东西。员工宿舍是双人间，亚亚从上残疾人中专开始，就过集体生活，习惯了，同屋的女孩子也是理疗师，天天给男朋友打电话，抱怨工作、环境，一会儿又大笑起来。亚亚听不见，但是她能想象，她对所有人和事都很感兴趣。晚上，躺在床上，她把一天的所见所想，一股脑儿地发给娟子，等着娟子用几个字来回复，像敷衍。有时候她也抱怨，胳膊好累啊，不想干了，娟子回以一个表示抱抱的表情，这拥抱当然也是假的，又可爱得以假乱真。

雇用残疾人，公司可以减税，亚亚的按摩手法也是真好，不输老师傅。小时候她跟着奶奶学过一点，早都忘光了，后来在学校里重新学的，有师傅教，一点点地，她又想起奶奶来。上课的时候，做练习，是同学们互相按摩，一个趴在床上，另一个动手，然后再换过来，常常按到痒处，就忍不住笑起来。再换过来，轮到亚亚笑得扭起来，笑也是安静的。窗外就是操场，绿树环绕，阳光灿烂，苍蝇从纱窗的破洞飞进来。教室虽然旧，倒是很亮堂，然而更明亮的是孩子们的心和眼。

只收残疾人的职业学校，在那里她们同病相怜，友情结得极深。毕业后，亚亚找到工作，在一家新成立的私立养老中心，第一天上班，娟子陪她来报到，公司提供双人宿舍，俯瞰一片小花园，另一张床空着，暂时是个单间。娟子坐在那张空床上，眼神空空的，她坐第二天的火车回家，工作慢慢再找。那天晚上，娟子和衣睡在那张空床上，小心翼翼地，生怕给弄脏了，亚亚让她挪到自己这边来，有被子盖，娟子拒绝了。大半夜没什么话说，平静过了一夜。第二天天不亮，娟子就悄悄起来走了，穿过冷雾淡淡的花园，走向冷清的大街，她小心提着箱子，怕轮子的响声吵到别人，虽然她自己什么也听不见。花园里有早起散步的老人，老人挂着拐杖，看见她，目送她，年老的人和有心事的人都睡得不牢。

虽然分隔两地，但她们依然是最好的朋友；虽然是最好的朋友，但毕竟分隔两地，时间一久，渐渐淡了，淡有淡的好处，分离不再那么难过。除了一天到晚待在理疗室里，亚亚也给别的同事帮帮忙，推那些行动不能自理的老人出去晒太阳。住在这里的老人，经济上都算宽裕，但是衰老与死亡是不分贫富的——假装不分，亚亚知道那其实是很不一样的。她推着轮椅，上面坐着与她无亲无故的老人，绕着花园小径一圈圈地走。到春天，丁香的浓烈香气，未经风的稀释，撞得鼻子发闷。亚亚的嗅觉格外灵敏，一种自然的补偿机制。要是失去了爱，又拿什么来补偿呢？

各种气味，在她的鼻腔中交织，有前，有后，有薄，有厚，有轻，有重，有清，有浊，有上升和下降，仿佛也有死有生，像一曲轰轰烈烈的交响乐，将四季分成不同的乐章。别人习惯了声音，她习惯了各种气味，花花草草，嘈嘈切切，当然，还有人，尤其是老人。老人有特别的气味，但是没有任何一个人的气味让她想起自己的奶奶，奶奶的形象也显得很陌生，很遥远了。他们没让她看最后一眼，也许看一看更好。奶奶走出去，就再也没回来，然后董奶奶来了，董奶奶走了，董奶奶寄来几张迪士尼乐园的合影。因为有这几张合影，经常拿出来看看，她才一眼认出董奶奶，更老，更模糊了，但是没错，就是她。

侄子陪她来的，帮她安顿好，院长来打过招呼，介绍了各个区域，会客厅，游艺室，理疗室，领着他们转了一圈，亚亚正在忙，没留意。过了一会儿，亚亚正收拾按摩床，换床单，然后就看见一个老太太慢慢推开门，头发稀疏，依然是红色的。董奶奶没有认出亚亚的脸，她是依靠亚亚的手指辨认出来的。你的手跟你奶奶一样。老太太坐在床边，用手语比画道，亚亚很吃惊。

您怎么学会的？

研习班。

我去报了一个手语研习班，想着要是再见到你，就能和你聊天了。这些年一直没有机会，真对不起。

老太太笑起来，皱纹堆得更密了。

前些年，我去了很多地方。去年摔了一跤，她用手拍拍自己的胯部，摔坏了，换了新的关节，新关节，可以用二十年，但是走不动了。

二十年之后，怎么办呢。

我要跟人工关节比赛，看谁的命长。老太太的笑容更大了。他们按照预期寿命设计产品，或者他们按照产品的特性来规划寿命，反正董秀娟的人工髋关节是她唯一留下来的东西，科技时代的舍利子。亚亚帮她按摩，不自觉地寻找那块人工关节，这里，摸上去没什么不同，金属被血肉层层包裹，每一次运动都伴随着血流的低声呼啸。在亚亚那个生来寂静的世界里，充满了对于声音的想象，声音的气味，声音的触感，声音的形状，唯独没有声音本身，所以她时时刻刻都在听，就因为听不见。

董奶奶每天都来找她按摩，有时候她们互换位置。董奶奶告诉她，这是你奶奶教我的，你哪里不舒服？亚亚闭上眼睛笑了，董奶奶的手，娟子的手，从教室的窗口吹进来的微风，熟悉的手，陌生的手，使人疼痛又使人舒适的手……娟子已经结婚了，对方是个健全的人。理疗室的窗户总是关着的，老人都怕风，除了董奶奶，她喜欢打开窗户，让空气流通，让外面的声音涌进来，光线也涌进来，她还喜欢在花园里慢慢散步，亚亚一有时间就陪着她。

平常，董奶奶还是织个不停，除了可见的东西，房间里的空调、电视、床头柜和衣柜的把手、椅子扶手，她还给不可见的东西织外套。奇形怪状的，毫不实用的，有的长着两个长角，有的只是一段空空的圆管，有的像帽子，小得任何人都戴不进去，有的是一大片重复的图案，看不出任何意义。如果不是亚亚劝住了她，她可能会一直织下去，织得没边没沿，漫天漫地。

渐渐地，董奶奶越来越依赖亚亚，她侄子每个月来看她一两次，她的侄孙女偶尔也会来，他们坐在会客室里，低声交谈。董奶奶会让她侄子把会客室的窗户打开，一会儿就有别的老人抗议，风太大了，太凉了，工作人员走去把窗户关上。过一会儿，董奶奶又要求打开，如此反复两三回，气氛渐渐变得紧张，她侄子就要告辞了。

亚亚觉得，死亡的先兆，是怪癖，奶奶去世之前也有类似的怪癖，她一个接一个地缝豆袋，把绿豆装进小布口袋，白色的棉布，形状奇怪，不是游戏用的沙包。那些豆袋放在一个专门的抽屉里，像储存起来的秘密。奶奶的样子变模糊了，她去世的时候还没十分老，但是董奶奶是十分老了，像上一个时代的遗存。

如果奶奶活到现在，也是这个样子吧。她也会帮人按摩，笑眯眯地，力气小了，但是手法依然准确。墙上贴一张扎满针的针灸指示图，其实谁也不会向它看一眼，它就在那里褪色，剥落，下垂。亚亚把脸埋在白色的枕头里，枕头的气味是相似的，现在与过去，将来与现在，曲折连通，气味是记忆花园中的一条甬道。董奶奶越老，越像亚亚记忆中的奶奶，两个人时而一团混沌，时而分割清楚，有时候，她们是两个身体，一张面孔，有时候又反过来。闭上眼睛，她就像奶奶，奶奶的手指顺着脊背捏下来，专门对付儿童消化不良的手法，还把亚亚当成小孩子。

董奶奶爱说一些从前的事，亚亚半懂不懂。我和你奶奶，是好朋友，董奶奶比画着，亚亚点点头，她理解，她也有好朋友，互知肺腑的朋友，千里之外也如在身边。娟子寄来喜糖，娟子有了新的、更亲近的人，亚亚吃着糖，嘴里是甜的，心里说不清是羡慕、嫉妒，还是一段孤独。孤独对亚亚是一种崭新的感受，但是放在整个人类的历史里，又是最旧的，像小孩子第一次看见火苗，人第一次感受孤独，都是长大的时刻。亚亚告诉董奶奶，我也有好朋友。

她在哪儿？

她们缓慢地，迟疑地，无比认真地聊天，布置简单甚至有些简陋的理疗室变得温暖起来，像一个细木枝搭成的结实小窝，狂风暴雨也打不透的窝。然而衰老是绵绵淫雨，下个不停，一点点湿透，浸润，动摇根基。有一天，董奶奶忽然中风，她不再来理疗室了。不久，她侄子把她接走了，亚亚没有再见过她，别的老人把亚亚的时间占满了。

娟子生了一个小女孩，发照片给亚亚看。亚亚问，她是不是哑巴？

娟子没有回复，娟子生气了，娟子也讨厌哑巴。亚亚把脸埋进枕头里，无声哭泣，枕头还是熟悉的味道，绿豆壳的枕头，从家里带来的。奶奶一辈子亲手做过多少事啊，都被遗忘了。她没有死在亚亚跟前，因而亚亚只能无止境地想象那一刻，她落水的一刻，挣扎的一刻，浮上水面的一刻，这种事从前可多了，得了重病，不想花钱医治，怕拖累家人……只是听说而没有亲眼所见的死亡，是一个没讲完的故事。有时候亚亚觉得董奶奶就是她，只不过更老了一点，那些豆袋就是证明，是相认的信物，是董奶奶放在抽屉里没带走的、看上去无用的一堆怪东西，亚亚收拾了起来。梦里，那些豆子竟相发芽，像童话故事里那样，越来越长，越来越粗，越来越高，穿透云层，朝向太阳，接近太阳，越过太阳，向着宇宙无限延伸。亚亚攀上那豆茎，像杰克一样向上爬，她越过城堡的尖顶，也不理会那些闪闪发光的金银财宝，她爬到顶端，看见一个凝望宇宙的背影，每次到这里她都会醒来，来不及等那个人转过身。

亚亚离开养老院，她要去另一个城市工作，到娟子住的地方去，这样她们就能常常见个面，有空一起散步，像亲密又普通的朋友那样，不必再期待虚幻的背影。她走的时候，也是一个深蓝的黎明，走得急匆匆的，只随身带了一只小行李箱，几件衣服，奶奶做的枕头。那些奇怪的豆袋都扔掉了，昨晚她收拾东西的时候，发现有些豆子竟然真的发了芽，过了这么些年，好像时间被压缩成了一瞬，好像那针脚犹有余温。亚亚终于丢弃了它们，像垂死的董奶奶一样。

图书在版编目(CIP)数据

在苹果树上 / 辽京著. -- 北京：北京十月文艺出版社，2025.9. -- ISBN 978-7-5302-2485-4

I. I247.5

中国国家版本馆CIP数据核字第20255JU232号

在苹果树上
ZAI PINGGUOSHU SHANG
辽京 著

出　　版	北京出版集团 北京十月文艺出版社
地　　址	北京北三环中路6号
邮　　编	100120
网　　址	www.bph.com.cn
发　　行	新经典发行有限公司 电话 010-68423599
经　　销	新华书店
印　　刷	北京盛通印刷股份有限公司
版　　次	2025年9月第1版
印　　次	2025年9月第1次印刷
开　　本	850毫米×1168毫米 1/32
印　　张	7
字　　数	120千字
书　　号	ISBN 978-7-5302-2485-4
定　　价	46.00元

如有印装质量问题，由本社负责调换
质量监督电话　010-58572393

版权所有，未经书面许可，不得转载、复制、翻印，违者必究。